우리의
찰나에 夏

2022.11.

2022. 11.

SPEED

스피드,

ROLL

롤,

연여름 장편소설

액션!

ACTION

자이언트북스

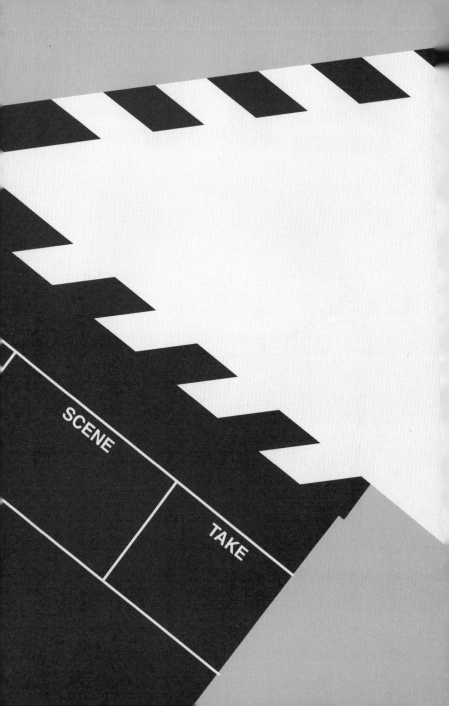

SCENE

TAKE

차 례

1. 추모객, 율

여자아이는 새카만 뿔이 솟은 듯한 모양의 가스레인지 삼발이 위에 빨간 장미꽃 한 송이를 내려놓았다.

모처럼 화구 위에 놓인 것이 냄비도 프라이팬도 아닌 꽃이라니. 보리는 기괴한 순간이라고 생각하면서도 가만히 입을 다문 채, 손을 모으고 기도하는 여자아이의 뒷모습을 바라보았다.

보리가 아는 한 최근 저 가스레인지에 불이 들어온 적은 없다. 오늘도 바깥 날씨처럼 내내 차가웠다. 그러니까 적어도 저 장미꽃이 익어버리진 않을까 하는 염려는 하지 않아도 괜찮다. 가스레인지와 빨간 장미. 그저 독특한 추모 방식이라고 여기면 그만이었다.

"언니도 같이 안 할래요?"

홀로 묵념하던 여자아이가 돌아보며 보리에게 물었다.

"나?"

"같이 인사 정도는 해요. 그래도 할머니가 여기 진짜 주인이었는데."

"글쎄요…… 난."

갑작스러운 제안에 보리는 머뭇거렸다. 아무리 오늘이 기일이라고 해도 보리에게는 이름도 얼굴도 모르는 사람이다. 〈미미 분식〉에 불쑥 찾아온 이 소녀 역시 마찬가지다. 그저 이 공간을 빌려 지내는 보리로서는 이전 주인의 생사나 가족 관계 같은 건 신경쓸 문제가 아니었다.

십오 분 전쯤, 오늘이 여기서 분식집을 운영했던 할머니의 기일이라며 소녀가 나타났다. 이름은 홍율. 손녀라고 했다. 율은 매년 오늘이 되면 할머니를 기억하고 싶어서 이곳에 들러 혼자만의 시간을 갖는다고 했다. 추모를 위해 꽃은 챙겼지만 따로 복장을 갖추진 않았다. 아무런 글자도 그림도 없는 감색의 후드 티셔츠에 청바지 차림이었다.

처음에 율은 약간의 불쾌감이 담긴 얼굴로 보리에게 물었다. 언니는 누군데 여길 차지하고 있냐고. 아마 열여덟, 열아홉 정도. 많이 쳐줘도 스무 살이나 되었을까, 열 살은 더 어릴 율의 뻔뻔함에 보리는 당황스러움을 애써 감춰야 했다.

개인적인 프로젝트를 진행 중이라 여길 한 달 빌렸다고 말했다. 더 자세한 이야기를 할 필요는 없을 것 같았다. 율이 부동산 소유권이나 주거권 같은 걸 주장할 상대로 보이진 않았기 때문이다.

다만 머리가 복잡한 통에 방해를 받은 참이라 기분이 썩 좋지는 않았다. 내내 굳은 보리의 표정을 읽었는지, 율도 두 번 권하진 않았다.

묵념은 오 분가량 더 이어졌다. 모르는 타인을 곁에 둔 상태로 소리가 없는 오 분은 상당히 부담스럽고 긴 시간인데도 율은 아랑곳하지 않았다. 할머니에게 할 말이 무척이나 많은 모양이었다.

"무슨 프로젝트인데요?"

추모를 마친 율은 찬장을 이리저리 열더니 길쭉한 유리컵을 하나 찾아내 장미꽃을 꽂았다. 이 주방의 어디에 무엇이 있는지 잘 아는 사람의 움직임이었다. 덕분에 보리가 객이 된 느낌이었다.

전前 〈미미 분식〉이었던 이곳은 일층이 식당, 이층은 아래층보다는 약간 좁은 생활공간으로 나뉘어 있었다. 이 주변 건물들과 비슷하게 지은 지 반백 년은 족히 넘은 이층 상가 독채로 이 년째 공실이었는데, 한때 사용하던 시설과 도구는 그대로 남겨져 있었다.

율은 장미꽃을 테이블 가운데 놓으며 보리에게 프로젝트에 대해 다시 물었다. 넓지 않은 면적을 잘 활용하려고 냉장고 옆까지 알뜰하게 살려 배치한 이 인용 테이블이었다.

추모를 끝내면 그만 돌아갈 줄 알았는데, 율은 영업 중인 분식집에서 아는 선배라도 만난 것처럼 아예 자리를 잡고 앉았다.

"영상 작업이에요."

"브이로그 같은 거? 유튜버예요?"

율이 관심을 보였다.

"아뇨. 아무튼 지금은 잠시 중단 상태라."

보리는 일부러 어디에도 앉지 않고 홀 중앙의 사 인용 테이블에 기댄 채 그렇게만 대꾸했다. 율이 돌아가기 전까지는 그렇게 있을 생각이었다. 이 애가 가면 보리는 바로 위층으로 올라가 아까 쓰던 이력서와 자기소개서를 마저 채워야 했다.

이내 관심이 식은 건지 프로젝트에 관해서는 더 캐묻지 않고, 이제 율은 사용감이 멋은 공간을 휘휘 둘러보았다. 벽에는 아직 메뉴판이 그대로 붙어 있었는데 그리로도 잠시 시선이 머문 탓에 뭔가 주문하고 싶은 사람처럼 보였다.

"아, 언니는 점심 먹었어요?"

보리는 미간을 찡그렸다. 점심시간은 이미 한참 지나기도 했거니와 질문의 의도가 썩 달갑게 느껴지지 않았기 때문이다.

"네."

사실 빈속이었는데도 보리는 그렇게 대답했다. 지금 저기 적힌 메뉴 중 주문할 수 있는 음식은 하나도 없다는 걸 분명히 알려주고 싶었다. 떡볶이도 볶음밥도 만두도 쫄면도. 여긴 더이상 모두를 위한 분식집이 아닌, 보리의 아주 사적인 공간이었으니까. 적어도 이 한 달만은.

"그럼 나 라면 좀 끓여 먹을게요. 찬장에 있던데, 하나 먹어도 되죠?"

율은 다시 조리대 앞으로 가더니 찬장을 열어 라면을 꺼냈다. 지난주 보리가 한 묶음 사다둔 것이었다. 율은 아직 온전한 다섯 개들이 봉지를 북 뜯어서 두 개를 꺼냈다. 어이가 없어 지켜보는 사이 안 된다고 말할 타이밍을 놓치고 말았다. 율은 벌써 냄비를 찾아내 물을 받은 후, 가스레인지에 점화까지 마쳤다.

"저기요, 학생."

이 아이가 스스로 염치를 차려 물러나기를 기대해서는 안 될 것 같아서 보리는 즉시 제 생각을 전하기로 했다.

"다 먹고 나면 깨끗이 정리하고 그만 가주세요. 오래 안 걸리면 좋겠어요."

봉지째 내용물을 툭툭 부수던 율의 손이 멈췄다. 요란하게 부스럭대던 소리가 멈추자 어색한 침묵만이 남았다. 순간 매몰찬 사람이 된 듯한 느낌이 불편해 보리는 아무도 앉지 않을 의자들을 괜히 가지런히 정리했다.

"나도 할 일이 있어서요."

"중단이라며요, 영상 작업인지 뭔지."

"다른 일이에요."

"조용히 있을게요."

율이 무신경하게 중얼거렸다. 기가 막혔다. 조용히 있겠다니. 가겠다는 의미는 조금도 담겨 있지 않은 그 말을 어떻게 받아들여야 할지 보리는 알 수 없었다.

말문이 막힌 보리에게 율이 사정을 전했다.

"원래 이렇게 오면 며칠 있다가 가거든요. 올해 언니가 있는지는 몰랐지만, 프로젝트도 중단됐다고 하니까 괜찮지 않아요? 위에 방도 두 개고."

업소용 가스레인지는 화력이 어마어마하다. 올린 지 얼마 되지도 않은 냄비 물이 벌써 거품을 내며 끓었다. 율은 다시 부스럭거리며 봉지를 열어 조각난 면을 그 안에 빠뜨렸다.

"학생, 미성년자 아니에요? 보호자분 연락처 좀 알려줘요."

보리에게는 이 낯선 소녀와 함께 공간을 나눌 마음이 당연히 없으며 그럴 이유도 없었다. 은표를 통해 여기를 빌릴 때 전 분식집의 사정이나 율에 대한 이야기는 들은 바가 없었다.

갑자기 나타나 이러면 곤란했다. 게다가 만약 율이 미성년자라면 괜한 책임이 돌아올 일 같은 것도 만들고 싶지 않았다. 미성년 자녀를 재개발을 앞둔 지역의 빈 건물에 며칠이나 머물도록 허락할 보호자는 세상에 없을 것이다. 가출 청소년일지도 모를 일이다.

"나 성인이에요."

"신분증 있어요?"

"그런 걸 누가 갖고 다녀요. 담배 사러 나온 것도 아니고."

짜증이 묻은 대꾸를 하면서 율은 가스레인지 불을 껐다. 그러곤 익지도 않은 라면을 내팽개쳐둔 채로 걸어 나와 입구 문을 거칠게 열어젖혔다. 낡은 시트지에 '미미 분식'이라고 적힌 문을 흔들며, 12월의 건조한 바람이 안으로 불어 들어왔다.

"있잖아요. 오늘 내가 객사하면 그건 언니 때문이에요."

그 온도를 닮은 목소리로 율이 말했다. 모처럼 피어오른 주방의 열기가 도로 식어가고 있었다.

율은 메고 왔던 작은 백팩만 챙겨 그대로 분식집을 떠났다. 성큼성큼 멀어지는 뒷모습을 저 앞에 두고서 보리는 도저히

문을 닫을 수가 없었다.

객사하면 내 책임이라고? 말도 정도껏이지 어처구니없는 협박이었다. 그렇다. 이건 협박이다.

율이 미성년자인지 아닌지는 차치하고서, 보리는 '제 목숨을 담보로 협상하는 인간은 믿을 게 못 된다'라는 엄마의 말을 떠올리고 말았다.

보리의 엄마는 평범하게 말하자면 일 년 삼백육십오 일 지극히 상식적으로 삶을 건설하는 사람이었고, 날것의 언어로 말하자면 항시 '팩폭'을 달고 사는 사람이었다. 뼈아픈 사실을 여과 없이 툭툭 던지니 반박의 여지는 없고, 차라리 덜 아프기 위해 보리는 대화를 포기한 시간이 길었다.

그렇다고 해서, 엄마도 틀릴 수 있다는 사실을 증명해보려고 율을 불러 세운 건 아니었다. 그날따라 유독 차가운 바람 속에서 멀어져가는 율의 작은 어깨와 왜인지 절뚝거리는 듯한 걸음걸이에 안타까움을 느낀 탓도 아니다.

라면이었다. 애매한 온기 속에서 익지도 못한 채 퍼져가고 있을 라면.

보리는 업소용 가스레인지 점화 방법을 몰랐다. 여기서 숙식하며 머무는 중이지만 보리가 이 주방에서 사용하는 건 냉장고와 전기 포트, 전자레인지가 고작이었다. 오늘까

지 가스레인지가 내내 차가웠던 것도, 라면이 처음 사둔 개
수 그대로인 것도 그 때문이었다.

미완성 라면을 당장 되살릴 사람은 홍율뿐이었다.

2. 라면 교섭

"레버 먼저 돌리고, 토치로 이렇게."

푸른 불꽃이 화르륵 타올랐다. 업소용 가스레인지는 대부분 수동이라 이렇게 점화기로 불을 따로 붙여줘야 한다고 율은 말했다. 여러 번 해본 솜씨로, 군더더기 없는 점화였다.

"몇 번 하다보면 쉬워요."

그래도 보리는 율이 정말로 이 분식집 주인의 손녀라고 온전하게 믿지는 않았다. 위층이 방 두 개로 나뉘어 있다는 것까지 알고 있었지만, 여긴 이 년 가까이 비어 있었고 동네 자체가 보안에 느슨했다. 그동안 여기를 몰래 아지트 삼았을 가능성도 없지 않았다.

세상엔 쉽게 거짓을 말하는 사람이 많다. 이 겨울 보리는 그 단순한 이치를 뼈아프게 체험하고 있는 중이었다. 특히 누군가를 믿는다는 일이 얼마나 부질없는지.

그러나 율이 주방을 거리낌없이 누비는 모습을 보니 어쩌면 정말일지도 모른다는 생각도 조금은 들었다. 타인의 부엌을 쓰면서 제 것인 척하는 능숙한 연기는 거의 불가능에 가깝기 때문이다. 보리도 이따금 본가에 내려갔을 때 싱크대 앞에 서면 어색함을 느꼈다. 심지어 제가 자란 집인데도. 제 손때가 타지 않은 공간이란 당연히 그런 법이다.

장소 섭외 담당이었던 은표에게 율에 대해 물어보면 그리 어렵지 않게 사실 여부를 확인할 수 있을 터였다. 그러나 은표와 연락이 끊어진 지 오늘로 일주일째에 접어들고 있었다.

은표를 떠올리자 보리는 맥이 풀렸다. 은표가 바로 그 뼈아픈 체험을 제공한 장본인이기 때문이었다.

피어오른 불꽃은 끓다 만 물을 금세 다시 요란하게 만들어주었고, 보리의 작은 한숨 소리를 숨겨주었다.

율은 두 개 분량의 수프를 털어 넣은 다음 냉장고 문을 열었다. 편의점 도시락, 요구르트, 탄산음료, 먹다 반쯤 남은 김밥, 생수병이 듬성듬성 놓여 있었다. 냉장고 역시 업소용이라 거대했는데 크기가 무색하게 초라한 구색이었다.

"뭐가 없어도 심하게 없네."

더 볼 것도 없다는 듯 중얼거리며, 율은 문을 닫고 라면을 마저 수습하는 데만 집중했다.

"언니도 먹을 거죠?"

"아뇨, 난······"

"언니, 꼬르륵 소리가 이틀은 굶은 사람이에요."

보리가 거절을 마칠 새도 없이 율이 예의 그 무신경한 목소리로 끼어들었다.

당연히 이틀을 굶진 않았으나 출출한 건 사실이었고 달리 반박할 말도 떠오르지 않았다. 보리는 애꿎은 벽 메뉴판만 바라보았다.

그냥 라면. 이천오백원.

"할머니는 배고픈 사람은 절대 그냥 안 보냈거든요. 돈이 있든 없든."

율은 완성된 라면을 대접 두 개에 나누어 담아 사 인용 테이블에 올렸다.

"그런 할머니 기일인데 나 혼자 포식했다가 오늘밤 무슨 저주가 내리겠어요. 빨리 먹어요, 더 불면 그땐 진짜 구제불능이니까."

저주까지 언급할 일인가 싶었으나 라면 다시 끓이라고 붙잡아둔 입장으로서 더 거절하는 것도 이상했다. 보리는 잠자코 젓가락을 챙겨 라면 앞에 앉았다. 다행히 숟가락 젓가락만은 어디에 있는지 알았다.

율이야말로 이틀 굶은 사람처럼 전투적으로 라면을 빨아들였다. 조그만 체구로 의외라고 생각하며 보리도 한 젓가락을 후루룩 삼켰다. 한 번에 제대로 끓인 라면과 차이가 느껴지지 않을 만큼 맛있었다.

최근 보리가 먹은 라면은 이 구역에서 벗어나 길 건너 편의점에서 산 컵라면이 고작이었다. 아무리 라면이라 해도, 진짜 불에서 건져낸 음식은 꽤 오랜만이었다.

"맛있네요."

보리의 인사에도 율은 대답도 않고 몇 젓가락을 연달아 먹었다. 보리가 다시 말했다.

"아직 가스가 안 끊긴 덕분에 호사네요."

"그러게요. 수도랑 전기도 괜찮아 보이고."

재개발 확정 발표가 나고 의무 퇴거일까지 아직 한 달 정도 시간이 있었다. 그때까지는 모두 정상 공급이니 보리가 여기서 영화를 촬영하는 데도 전력 문제로 지장은 없을 거라고 했다.

구역 내 주민 대부분은 새 거주지를 찾아 퇴거했으나 갈 곳이 마땅치 않은 몇 가구는 아직 남아 있다고 들었다. 물론 그것도 이달로 끝일 것이다.

"그 프로젝트라는 거요."

국물까지 한 번에 꿀꺽꿀꺽 삼킨 다음 율이 대접을 내려놓으며 말했다.

"그런 거 아니에요? 몰래 숨어서 이상한 일이나 비리 같은 거 파헤치는 프로그램."

"그래 보여요?"

"아니면 이런 유령 마을 같은 데 왜 혼자 있어요? 겁도 없이."

"원래는 혼자가 아닐 계획이었어요."

겁이 없어서 혼자 지내는 게 아니다. 정신을 차려보니 혼자가 되어서 겁에 질려 있다고 해야 순서가 맞을 것이다. 그렇게 되어버린 것뿐이다.

보리는 원래 계획했던 이곳의 그림을 떠올렸다.

전 〈미미 분식〉인 이곳 일층은 스태프와 배우들이 대기하거나 휴식을 취하는 공간이다. 그리고 촬영 장비와 의상, 소품 등을 보관해둘 수도 있다. 이층은 촬영을 위한 오픈 세트. 보리는 지난 반년에 걸쳐, 첫 연출작이 될 영화의 시나리오를 썼다.

고등학교 동창으로 사회인이 된 여자 세 사람이 등장한다. 방에서 홈 파티를 하며 나누는 대화만으로 긴장과 유머를 이끌어가는 구조다. 서로가 만든 음식을 먹다 영혼이 뒤바뀌는 바람에 웃기고도 슬픈 진실이 번갈아 폭로되며 갈등이 고조

되지만, 마지막에는 화해를 이루는 코미디물로 촬영 분량의 팔십 퍼센트는 〈미미 분식〉의 이층에서 이루어진다. 영화 제목은 '칠 년 후의 저녁 식사'다.

그러니까 그랬어야 했다고, 보리는 짧게 요약해 말했다.

"그럼 감독님이네요?"

촬영을 앞둔 영화가 엎어져버린 사람에게도 여전히 유효한 이름이라면…… 그렇다. 애매하게 고개를 끄덕이는 보리를 향해 율은 호기심을 은근히 내비치는 눈빛을 보냈다. 더 말해보라는 뜻이었다.

"그런데 일이 좀 꼬였어요."

절반 넘게 줄어든 라면의 면발을 들어올리며 보리가 중얼거렸다.

"제작비에 문제가 약간 생겨서요."

"왜요? 누가 들고 날랐어요?"

입에 넣으려던 면이 국물로 추락했다. 떠오르는 대로 아무 말이나 뱉었는데 설마 진짜냐고 율이 물었다.

"음……"

더할 것도 뺄 것도 없는 정답이었으나 율과 이야기할 문제는 아니었다. 보리는 다시 라면을 크게 한입 건져 올렸다. 이 라면의 맛을 제대로 음미하기 위해서라도 대화의 주제를 바꾸기로 했다.

"어디 살아요, 학생은?"

갑자기 방향이 바뀐 질문에 율도 멈칫했다. 결코 답을 알아낼 수 없는 시험문제를 받은 아이처럼 눈을 깜빡이다가 짐짓 어른스러운 표정을 지으며 나지막이 대꾸했다.

"개인 정보는 말 안 해요."

핑계가 안 되는 대답이었다. 이 분식집 할머니의 손녀라는 둥, 이름은 홍율이라는 둥, 그건 다 개인 정보가 아니었단 말인가.

"그리고 학생 아니니까, 그렇게 부르지 마세요."

말도 안 된다는 보리의 표정이 조금 적나라했는지 율이 뒤이어 말했다.

"삼수까지 하다보면 학생 소리 들을 때마다 죄책감 드니까."

보리는 대꾸할 말을 달리 못 찾았다. 삼수의 괴로움은 전혀 몰라도 의심의 여지가 끼어들기 어려운 종류의 고백인 건 알았다.

그 침묵의 틈이었다. 무언가 굵고 짧게 우르릉하고 진동했다. 진동은 발바닥으로도 전해졌지만 귀로도 똑똑히 그 소리가 들렸다.

냉장고 쪽이었다. 보리는 반사적으로 그쪽을 보았다. 율의 어깨 너머로 냉장고와 이 인용 테이블이 보였다.

"왜요?"

"소리요. 진동이라고 해야 하나. 못 들었어요?"

다시 '학생은'이라고 붙일 뻔한 호칭을 얼른 넣어두고 보리가 물었다. 율은 고개를 저었다. 이상했다. 오래 지속되지는 않아도 분명히 들렸다. 이 소리는 어제부터 몇 번이나 간헐적으로 들려오고 있다.

처음엔 근처에서 드릴로 바닥을 뚫을 때 전해지는 진동일 거라고 멋대로 짐작했으나, 바깥으로 나가보아도 주변에 공사 비슷한 걸 하는 풍경은 안 보였다. 게다가 소리는 일층의 일부에서만 들렸다. 누군가 특정한 지점을 겨냥한 듯이. 마치 그곳에 초강력 진동 모드 휴대폰이 놓여 있는 것 같다고 하면 적당할까. 여러 번 들었으니 결코 착각이 아니었다.

율은 대수롭지 않게 말했다.

"냉장고 진동이겠죠, 뭐. 오래되면 소리 나잖아요. 덩치도 크고."

"그런 소리가 아니에요."

"그런 소리 같은데요."

"아니, 진동 때문에 그 위에 물건이 덩달아 떨리는 소리 같다고요."

"물건이요?"

"의자라든지."

"흐음……"

콧소리를 흘리는 율의 표정은 '언니가 쓸데없이 예민한 사람이라 그래요'라고 말하고 있었다. 아까 서둘러 쫓아내려 했던 일에 대한 복수처럼. 하지만 정말이다. 냉장고가 원인이라면 어제부터가 아니라, 보리가 여기에 머물기 시작한 일주일 전부터 들렸어야 한다.

"영화 촬영할 장소를 정할 때는 여러 가지를 동시에 고려해야 돼요."

결국 다시 영화 이야기로 돌아왔다.

"카메라에 담기는 그림도 그렇지만, 마이크로 들어오는 소리도 중요하니까요."

실제 촬영에서도 그렇다. 배우들의 목소리가 제대로 전달되는지 확인하기 이전에, 현장 소음이나 잡음의 여부도 꼼꼼하게 체크한다. 순서상으로도 안정적인 사운드 상태를 가장 먼저 확인하고 그다음이 카메라, 액션 신호는 가장 마지막이다.

보리의 작은 현장을 예로 들면 조연출이 그 모든 시작을 위해 '사운드'라고 물었을 때 이상이 없는 경우 붐오퍼레이터는

스피드라고 대답한다. 다음으로 '카메라'라고 물으면 촬영감독의 대답은 **롤**이다. 이어서 연출부 막내가 슬레이트를 치면 준비는 완료다. 그제야 감독은 **액션**을 외칠 수 있다.

그러나 카메라가 돌기 전이든 후든, 후반 작업에 영향을 미칠 소리가 예기치 않게 등장하면 감독은 언제라도 컷을 부른다. 만약 오케이 컷임에 의심의 여지가 없을 만큼, 배우가 혼신의 연기로 대사를 펼치고 있는 도중에 저런 소리가 난입한다면…… 생각도 하고 싶지 않은 사고다. 보리는 피가 식을 것이다.

촬영 현장에 대한 이 일목요연한 설명을 듣는 내내 율의 얼굴은 뚱했다. 사람들은 대체로 완성된 영화를 좋아하지, 현장의 시시콜콜한 이야기엔 관심이 없으니까. 보리는 그만 요점으로 돌아오기로 했다.

"그러니까, 여기서 나는 소리에 대해서는 내가 잘못 들었을 가능성이 아주 적다는 거예요."

"네네, 그렇다고 쳐요. 알았어요."

율은 그만 져준다는 투로 대꾸하고는 빈 대접을 챙겨 일어나며 말했다.

"설거지는 언니가 해요. 저녁은 뭐 먹고 싶은지 생각해놓고요."

그러더니 낮잠을 좀 자겠다며 이층으로 올라갔다.

물론 보리의 의견 따위 전혀 궁금해하지 않는 율이었다.

3. 냉장고 옆이 인용 테이블

"알아보고 있어."

그래서 앞으로 어떻게 할 거냐는 태오의 질문에 보리는 심드렁하게 대답했다.

왠지 율처럼 말해버렸다. 낱낱이 다 말하고 싶지는 않고 서로 선만은 넘지 말자는 특유의 거리감이 느껴지는 그런 말투. 기승전-자기중심적인 태도가 별로라고 생각했으면서도 지금은 보리가 태오에게 똑같이 대하고 있다. 겨우 하루 함께 있었다고 영향을 받고 말았다.

딴은 걱정한답시고 와준 태오에게도 달가운 반응은 아니었다. 태오는 〈칠 년 후의 저녁 식사〉의 촬영감독이다. 은표를 통해 재작년부터 알고 지냈다. 태오는 은표와 대학 동기로, 생업이 따로 있지만 현장을 너무나 좋아해서 끊임없이 단편 영화 제작에 참여하는 열혈 영화인이었다.

"그래서, 은표 행방은 좀 알아냈어?"

보리는 고개를 저었다. 보리의 오 년 치 퇴직금과 크라우드 펀딩 모금액을 합쳐 마련한 제작비를 몽땅 가지고, 촬영 일주일 전 잠적한 〈칠 년 후의 저녁 식사〉의 프로듀서 최은표의 행방은 현재 아무도 모른다.

"몇 편을 개랑 같이 작업한 너도 모르는데, 내가 무슨 수로."

"윤보리, 그래도 넌……"

그다음 말은 듣지 않아도 뻔했다. 그래도 넌 은표 고향 친구잖아. 중학교 같이 다녔다며. 엄마들끼리도 알고. 그럼 나보다는 더 짚이는 데가 많을 거 아냐? 같은 것들.

은표와는 재작년부터 본격적으로 가까워졌을 뿐이다. 은표는 고교 졸업 후 고향인 행남을 떠나 대입을 위해 상경했고, 보리는 곧바로 직장 생활을 하다 몇 년 후에야 서울로 이직했다. 새 직장은 산부인과 병원의 원무과였다. 이 년 전, 그 병원에 방문한 은표와 우연히 맞닥뜨리기 전까지는 서로가 어디서 뭘 하며 지내는지도 몰랐다. 무려 칠 년 만의 재회였다.

그저 영화를 보는 것만으로도 마음이 부푸는 관객이던 보리를, 은표가 단편영화 현장에 소개하고 끌어들였다. 제 안에서 꿈틀거리는지도 몰랐던 창작욕을 발견해준 사람이라 보리에게 은표는 일종의 은인이나 다름없었다.

지난 이 년, 그렇게 몇 개의 작업을 함께하며 칠 년이라는 공백을 메웠다고 생각했는데, 이제는 은표를 '소울메이트'라고 불러도 좋을 정도로 잘 안다고 생각했는데 착각이었다.

　"그럼 뭘 알아보고 있다는 건데."

　"구직. 먹고살아야지."

　"뭐?"

　"왜."

　"야, 왜냐니……"

　지금이라도 반성한 은표가 제작비와 함께 돌아오길 기다리는 중이긴 하나, 보리는 매일매일 기대를 조금씩 접었다. 〈미미 분식〉에서의 한 달 체류가 끝나면, 보리는 더 망설이지 않고 은표를 횡령으로 신고하자고 결심했다.

　이런 상황에 작업을 재개하기는 힘들 것이다. 엄마의 단어 선택대로라면 그만 '사치스러운 꿈 따위' 접고 제 앞가림 할 길부터 찾아야 했다.

　보리는 요 며칠 이층에서 구직 사이트를 정독하며 지원할 만한 병원의 목록을 대강 추렸다. 보리 역시 다른 스태프들과 다르지 않았다, 산부인과 병원이 경영난으로 폐업하기 전까지는. 단편·독립영화 작업자들은 대부분이 겸업이었다. 보리는 주중엔 직장인으로 일하고 주말이나 연차를 활용해 영화 작업에 참여해왔다.

출생률 감소에 따른 폐업으로 어쩔 수 없이 퇴사한 보리는 이걸 기회 삼아 첫 번째 연출작을 만들기로 했다. 그간 스태프로 여러 현장을 경험했고, 이제 내 작품 하나 가질 준비는 되었다고 생각했으니까.

그러나 노트북 바탕화면 한쪽을 내내 지켰던 시나리오와 스토리보드 파일은 엊그제 눈에 띄지 않는 폴더 속에 봉인했다. 그 대신 이력서와 자기소개서를 고쳐 쓰기 시작했다. 쓰는 재미는 없었지만 적어도 시나리오를 고치는 것보다는 수월하게 느껴졌다. 그거 하나는 다행이었다.

태오는 기막혀했다.

"우리가 어떻게 준비했는데 이걸 그냥 이렇게……"

이 프로젝트가 어지간히도 아까운 모양이었다. 촬영감독이 그렇다면 이 작품을 직접 쓰고 배우를 캐스팅하고 연출하려 했던 보리도 더하면 더했지 결코 부족하지 않다. 물론 태오가 그걸 모르진 않을 것이다.

"제작비 때문이면 스태프들끼리 어떻게 해보자. 제작비 그거 장비 대여료랑, 배우 개런티, 그리고 대부분 우리 인건비였잖아. 각자 비상금 모으면 장비는 커버될 거야. 사양 조금 낮추면 돼. 약속한 페이는…… 다들 지금 상황 아니까…… 사실 선배들이랑은 이미 상의했어, 감안하겠다고."

"내 현장은 열정 페이 안 돼. 그게 싫어서 펀딩한 거잖아."

무임금 노동이라니, 뼛속까지 근로자인 보리는 용납할 수 없었다.

"타협 좀 해. 촬영 회차는 최소한으로 줄이고, 나중에 성과 나오면 그때 수익은 배분하는 걸로. 그러니까 당장 다음주라도……"

"태오야."

"여기 찾아서 허가받아낸 것도 기적이야. 이제 다음달엔 없다고!"

그건 사실이다. 이곳을 찾는 데 공을 꽤 들였다. 철거 시점 전까지 타이밍도 그야말로 완벽해서, 시작부터 예감이 괜찮은 작품이라고 다들 입을 모았었다.

〈미미 분식〉은 로케이션 매니저를 생업으로 하는 은표의 추천에 따라 후보지를 열 곳 가까이 보러 다닌 끝에 발견한 곳이었다. 고즈넉한 이층 방을 둘러봤을 때는 여기가 맞는다고 확신했다. 시나리오에 글자로만 존재하던 대사들이 장면으로 구체화되어 눈앞에 떠오를 정도였다. 두근두근했다.

그 두근거림이 이토록 빨리 체념으로 변할 거라곤 생각조차 못했지만. 보리는 어제보다는 생기를 잃은 장미꽃으로부터 시선을 떼지 않고 말했다.

"촬영감독님, 우리 프로듀서가 횡령한 금액이 무려 이천만 원이야. 그중 절반이 펀딩이고."

"그러니까 결과물을 어떻게든 만들면 프로젝트 무산 환불 절차를 안 밟아도……"

"그럼 대체 뭘 위한 영화가 되는 거야, 응?"

"무슨 소리야."

"돈만 사라진 게 아니라, 은표도 사라진 거야. 우리 오른팔 도 없어진 거라고. 무슨 사고 수습하듯이 만들고 싶지 않아."

보리는 숨을 고른 후 다시 말을 이었다.

"그리고 우리 스물아홉이야, 지금 12월이고. 나이 앞자리가 바뀌면 지원할 수 있는 회사도 반으로 줄어든대."

"누가 취직하지 말래? 이 한 달은 원래 작업하기로 약속했 던 거고, 다들 같이 돕겠다잖아!"

"아, 잠 좀 잡시다."

이층에서 내려온 무심한 목소리가 돌고 도는 대화에 찬물 을 부었다. 율이었다.

낯선 손님을 본 태오는 잠시 말문이 막혔다. 보리도 계단 쪽을 돌아보았다. 율은 허락도 구하지 않고 보리의 스웨터를 껴입고 있었다.

"누구야?"

태오는 당연한 의문을 표했다.

"…… 음, 이름은 율이라고, 어제."

"사촌이에요."

보리의 애매한 대답을 산뜻하게 끊어 정리하며, 율은 한 자리를 차지해 앉았다. 보리는 이게 뭔 소리야 싶었지만, 태오는 바로 납득했다.

"그래 혼자 있는 것보단 둘이 낫지, 이런 데선. 잘했어. 안 그래도 이래저래 걱정이었는데."

"네, 언니 사정이 딱하잖아요. 다 큰 사람이 그런 사기나 당하고."

대화를 엿들은 모양이었다. 연기도 배우 못지않았다.

"그래도 보리 잘못은 아니에요."

그때였다. 큰오빠처럼 다독이는 태오의 말끝에 짧고 굵은 우르릉 소리가 이어졌다.

그 소리다. 분명히 들었다. 보리는 벌떡 일어나 소리가 난 지점을 바라보았다. 냉장고 옆 이 인용 테이블. 확실하다. 태오도 그쪽을 슬쩍 보더니 대수롭지 않게 중얼거렸다.

"요란하네."

오늘은 태오가 소리의 증인이다.

"그치? 들었지, 너도?"

재차 확인하며 보리는 여봐란듯이 율을 보았다. 그러나 그만 가겠다며 자리에서 일어난 태오의 결론은 이랬다.

"응, 냉장고 연식이 좀 돼 보이긴 한다. 우리 카페 것도 그래. 요즘은 물도 한 번씩 새."

"아니, 냉장고 소리 아니잖아."

돌아보니 율은 슬그머니 미소를 삼키고 있었다.

"아무튼 내일이라도 생각 바뀌면 바로 연락해. 문단속 잘하고. 사촌도 또 봐요."

분식집 문을 열고 나가는 태오에게 율은 모처럼 예의 바르게 꾸벅 인사로 화답했다. 이중에 답답한 사람은 보리 하나였다. 차라리 정말 냉장고 소리라고 믿고 신경을 끄고 싶은데, 죽어도 아닌 걸 아니라고는 못하는 제 고집이 보리 스스로도 갑갑했다.

"저녁은 볶음밥 어때요."

율은 소리 따위는 아무래도 좋은지, 턱을 들고 여유롭게 메뉴판을 탐색하는 중이었다. 무려 오십여 가지나 되는 메뉴를.

오늘 아침 두 사람은 조금 멀리 나가 큰 마트에서 식재료를 사 왔다. 율은 하루이틀 지내는 것도 아닌데 편의점 음식은 몸에도 별로고 금세 질린다면서, 뭘 좀 해 먹자고 했다. 이제 언니 가스불도 켤 줄 아니까, 하고 강조하면서.

점심엔 율이 떡볶이를 만들었다. 실력이 제법이었다. 떡국용 떡으로 만들었는데도 쫀득한 식감을 잘 살렸다. 함께 넣은 양배추의 아삭한 식감과 조화도 좋고 적당히 매콤달콤한 게 먹을수록 식욕을 돋웠다. 과식할 정도의 맛이었다.

저녁은 보리의 차례였다. 섬세한 칼질은 자신 없지만, 연하의 손님에게 계속 얻어먹기만 하는 것도 염치없는 짓이라 주문에 응했다. 어엿한 성인이자 인생의 선배로서, 이 정도는 할 수 있는 윤보리라는 걸 보여주고도 싶었다.

양파를 작게 또 작게 칼로 쪼개며 보리가 물었다.

"그런데 언제까지 여기 있을 거예요?"

"왜요, 하루라도 빨리 나가주면 좋겠어요?"

벽걸이 티브이를 향해 턱을 괴고 앉은 율이 중얼거렸다. 정식으로 받는 신호가 없는 고물 티브이는 절반쯤 지직거리는 소리에 묻혀 희미한 화면을 내보이는 중이었다. 가만 보니 하필 노인이 사기를 당했다고 신세 한탄하며 오열하는 장면이었다. 드라마 재방송 같았다.

"아니……"

완전한 부정도 긍정도 못하는 보리는 변하지 않는 하나의 사실을 떠올렸다.

"여기 다음달엔 철거 시작하니까요."

그때가 되면 여기에 있게 해달라고 사정하든 협박하든 통할 구석이 없었다.

"네네, 그전엔 사라져드릴 테니까 너무 그러지 마요. 밥도 조금만 먹을게요. 언니 빚도 많은데."

덤덤한 표정으로 콕콕 찌르는 말을 잘도 하는 가짜 사촌은 고향 행남에 있는 엄마 같았다. 여기에 무슨 말을 더 붙였다간 자기만 더 몹쓸 인간이 될 것 같아서 보리는 잠자코 칼질에 집중하기로 했다. 앞으로 당근, 버섯, 베이컨, 마늘을 차례로 조각내야 한다.

드라마가 마음에 안 드는지 율은 채널을 돌렸다. 다른 채널도 화질이 나쁘긴 마찬가지였다.

그러고 보니 보리는 율이 휴대폰 쓰는 걸 못 봤다. 보리의 책을 꺼내 읽거나, 잠을 자거나, 식사를 만들거나, 그런 게 이 지붕 아래 율의 일과였다. 그 나이대에 휴대폰 없는 삶이 쉽지 않을 텐데, 삼수생이라고 하니 어쩌면 시간을 빼앗기지 않으려고 일부러 안 쓰는 중일지도 모른다.

삼수의 압박감이나 스트레스는 잘 모르지만, 무슨 일이든 연달아 이어진 실패란 괜찮을 수 없음을 보리도 잘 알았다.

"스웨터는 마음에 들면 가져요. 안 그래도 얇게 입고 온 것 같으니까."

보리는 당근을 툭 자르며 말했다.

"겨울은 당연히 춥죠. 추워야 겨울이지."

대꾸하는 율의 목소리는 냉담했다.

"그리고 옷은 됐어요. 제 취향은 아니니까."

생면부지인 타인에게 신세를 질 만큼 뻔뻔한 율이니 당연히 갖겠다고 할 줄 알았는데 대답은 짐작과 달랐다.

품이 큰 스웨터 때문인지 율의 체구가 더 작아 보인다고 보리는 생각했다.

4. 우르릉, 침입자

"언니!"

비명 같은 외침이 골목 입구까지 전해져 왔다.

며칠간 익숙해진 목소리가 들렸다. 율이었다. 〈미미 분식〉을 향한 보리의 걸음이 빨라졌다. 양손에 든 묵직한 비닐봉지들이 두 다리에 부딪혀 요란한 소리를 내기 시작했다.

오늘 오전 율은 잠깐 산책이나 다녀오겠다며 나갔었고, 그 뒤에 보리는 혼자 장을 보러 다녀오는 길이었다.

"언니 없어요? 대답해!"

대체 무슨 일이기에 골목이 떠나가라 언니를 찾는 건지 보리는 다급해져 두 발에 속도를 더했다. 〈미미 분식〉까지 앞으로 이십 미터, 십 미터, 오 미터…… 그 짧은 시간 떠올릴 수 있는 온갖 나쁜 가능성들이 보리의 머리를 스쳐지나갔다.

입구에 도착하니 분식집 문 앞에 서 있는 율의 등이 가장 먼저 보였다. 두 손으로 등받이 없는 원형 의자를 쳐든 율. 여차하면 내던질 무시무시한 기세였다. 의자가 겨냥한 방향은 냉장고였다.

거기엔 웬 낯선 남자가 냉장고 문을 열어젖힌 채로 서 있었다. 자신을 향한 율의 공격적인 태도에 오히려 보리보다 당황한 듯했다. 창백한 얼굴에 놀라서 크게 뜬 눈이 아주 도드라져 보였다. 머리카락은 며칠 안 감았는지 눌려 헝클어졌고, 바지통도 소매통도 아주 넓은 촌스러운 양복은 왜소한 몸집에 조금도 어울리지 않았다. 나이는 마흔 정도 되었을까.

남자는 냉장고 문을 붙잡은 채로 그 곁의 이 인용 테이블과 율을 천천히 번갈아 보기만 했다. 공격의 기미는 보이지 않았고 위협적인 생김새나 체구도 아니었다. 오히려 겁먹은 인상에 손까지 덜덜 떨고 있어서 제삼자가 본다면 오히려 보리와 율이 그를 위협한다고 생각할 것 같았.

이럴 필요까진 없다고 판단했는지 율은 천천히 의자를 내려놓았다. 그래도 보리는 안심할 수 없었다.

"율아, 이리 나와!"

보리는 율의 등을 잡아당겨 제 뒤로 세운 다음 남자에게 소리쳤다.

"뭐 하는 거예요 지금, 남의 집에서! 경찰 부를 거예요!"

"아니……"

남자는 뭐라고 말을 꺼내려 했지만 보리가 든 휴대폰을 보더니 분식집 밖으로 그대로 도주했다. 둘을 지나쳐 그야말로 후다닥 달아났는데, 있는 기력을 전부 끌어내 목숨을 걸고 달려나가는 듯했다.

"괜찮아요? 별일 없는 거죠?"

어정쩡하게 서 있는 율에게 보리는 그제야 물을 수 있었다. 철렁했던 가슴이 아직은 그대로라 목소리가 조금 떨렸다.

"하…… 나는 언니가 이층에 있는 줄 알았잖아요."

"아뇨, 장 좀 보려고 잠깐 나갔었어요."

보리는 율이 내려놓은 의자에 털썩 앉으며 입구에 떨어뜨려놓은 비닐봉지를 가리켰다. 율이 그 봉지를 들고 오며 말했다.

"문단속 좀 잘해야겠어요."

이어지는 보리의 말에 율은 천천히 고개를 끄덕였다.

분식집 문에는 열쇠로 잠그는 구식 자물쇠가 걸려 있었는데 정작 고리는 처음부터 파손되어 있었다. 공실이 되고부터는 출입문은 그대로 방치해두고 셔터를 내리는 것만으로 건물을 유지해온 듯했다.

촬영을 준비하면서 보리는 출입문 안쪽에만 임시로 고리형 자물쇠를 달았다. 어차피 훔쳐갈 것도 없고 찾는 사람도 없으니 외출시 굳이 바깥에서는 잠글 이유가 없었다. 이곳에서 그리 오래 지낼 것도 아니니 안전장치는 그 정도면 괜찮다고 여겼다.

"근데 언니, 신고는 안 해요?"

보리는 도로 주머니에 집어넣은 휴대폰을 만지작거리며 말했다.

"우리 프로듀서가 여기 건물주랑 업무상으로 아는 사이인데, 문제 안 일으킨다는 전제로 어렵게 섭외한 거예요."

여기 있는 게 아주 떳떳한 건 아니라고 보리는 체념하듯 말했다. 신고 들어가면 안전의 이유로 아마 당장 퇴거해야 할 것이다.

"아, 그 횡령자."

율의 신선한 표현에 보리는 제 심중의 무거움은 잠시 잊고 풋 웃고 말았다.

"근데 영화는 어차피 엎어졌고 언니 여기 있을 필요 없잖아요."

"돌아올까 싶어서요. 횡령자가."

보리는 친구였고, 또 함께 꿈을 나눈 동료였던 관계가 아직 완전히 포기되지 않았다. 집에 내려가면 혀를 끌끌 찰 엄마를 대면하고 싶지 않기 때문이기도 했다.

냉혹한 현실을 받아들이기 싫은 회피의 심리. 자세한 사정은 모르지만 율에게서도 어쩐지 그런 느낌이 들었기에, 보리는 은연중에 이 기묘한 동거를 받아들였는지 모른다.

"말이라도 나 때문에 있어준다고는 절대 안 하네. 슬퍼라."

슬프다는 의미를 조금도 모르는 인간처럼 율은 중얼거렸다. 그러곤 뭐 사 왔냐며 비닐봉지를 뒤적였다. 귤과 토마토, 양상추, 오이, 그리고 식빵과 버터가 있었다.

"메뉴판에 없는 것도 먹고 싶어서요."

혼자였다면 이렇게 상하기 쉬운 식재료는 손도 대지 않았을 텐데 먹성 좋은 율이 있어 그런 걱정은 미뤄두고 골라 올 수 있었다.

"아…… 나는 따끈한 된장찌개가 땡기는데."

율은 보리가 사 온 것과 관계 없는 메뉴를 중얼거리며 귤을 한 알 꺼내 까먹기 시작했다. 듣는 사람을 전혀 개의치 않는 저 심드렁한 태도에 보리는 순간순간 뒷목에 힘이 들어갔다. 세대 차려니 생각했다.

문득 엊그제 사다놓은 두부가 냉장고에 있다는 사실이 떠올랐다. 그 미지의 침입자가 훔쳐가지 않았다면 말이다.

된장찌개 정식, 육천원.

결국 또 메뉴판을 벗어나진 못했다.

두부는 냉장고에 그대로 들어 있었다. 양파와 주키니호박을 함께 넣고 팔팔 끓여 율과 함께 저녁으로 먹었다. 모처럼 생채소도 넉넉하게 사 왔으니 아끼지 않고 샐러드로도 곁들였다. 마침 안 뜯고 두었던 편의점 도시락의 드레싱 파우치가 냉장고에 있었다.

식사를 모두 마친 뒤에 보리는 바깥 셔터를 내린 후, 출입문 안쪽에 단단히 채운 자물쇠까지 거듭 확인하고 올라와 잠을 청했다. 계단을 중심으로 보리는 오른쪽 방, 율은 왼쪽 방. 왼쪽 방은 생활공간이라기보다는 창고에 가까웠지만 율은 익숙하다며 거기를 골랐다.

자려고 누웠으나 보리의 머릿속에는 낮의 침입자가 자꾸 떠올랐다. 한참 뒤척인 끝에 인과관계라곤 없는 복잡한 꿈까지 꾸고 말았다.

행남 초등학교 시절의 작은 보리였다. 주변이 온통 커다란 나무로 둘러싸여 있었는데 천천히 초점을 잡고 보니 은표네 과수원이었다. 혼자였고 학교 가는 길을 잃었다. 이 과수원은 엄마의 일터이기도 해서 잘 아는 곳이었는데도 머리 위를 지붕처럼 덮은 나뭇가지가 해를 가려 방향을 가늠하기가 힘들었다. 보리는 입술을 꼭 깨물고 전진했다. 한참 걷자 도착한 곳은 얼마 전까지 일하던 병원 로비였다. 그런데 환자들은 안 보이고 벽면에는 영화가 상영 중이었다. 흰 가운을 입은 병원 장이 영화를 마저 보려면 표를 구매해야 한다며 번호표를 내 밀었다. 얼떨결에 표를 사자 공간이 또 바뀌어 있었다. 사방 이 희고 차가웠다. 왜인지 거기서 은표를 애타게 찾아 헤맸 다. 그런데 정작 나타난 건 간호사 근무복을 입은 율이었다. 율은 몸속에 피가 흐르는 인간이 이럴 수 있나 싶을 정도로 섬뜩하게 말했다.

'언니 지금 흉부 엑스레이 찍어야 돼요. 흥행도 안 될 거고 상도 못 받겠지만요.'

곧 코드 레드를 알리는 화재 경보가 왱왱 울렸다.

"으악!"

괴성을 지르며 보리는 현실로 돌아왔다. '신규 맞춤 구인' 알람이 울리며 노트북 한 귀퉁이가 깜빡이고 있었다. '정형외 과'라는 글자가 얼핏 떴다 사라졌다.

시간은 벌써 점심께였다.

"언니."

"엄마야!"

노크도 없이 벌컥 열리는 방문에 보리는 다시 소스라치게 놀랐다. 율은 꿈에서와 별반 다르지 않은 얼굴을 문 사이에 빼꼼 내밀며 서 있었다.

"좀 내려와볼래요."

당연히 점심 식사 때문이라고 생각했다. 누가 분식집 사장님 핏줄 아니랄까봐 밥때 하나만큼은 정말 철두철미했다.

보리는 밤새 꿈속을 헤매느라 고생한 몸을 일으켰다. 절로 끙 소리가 났다. 율이 채근했다.

"빨리요. 밑에서 기다리니까."

그 말에 남아 있던 잠기운이 확 달아났다.

"뭐? 누구? 혹시 은표 왔어?"

"은표?"

"횡령자!"

고개를 갸웃하는 율에게 보리가 알아듣기 쉬운 말로 소리쳤다. 방법은 통했다.

"아아, 아니에요. 그래도 마음 단단히 먹고 내려와요."

시종일관 심드렁해하던 율이 하는 경고라니. 보리는 의아해하며 아래층으로 내려갔다.

어제 된장찌개를 끓일 때까지만 해도 보리는 맹세코 몰랐다. 이 된장찌개를 율이 아닌 다른 사람과 나누어 먹게 되다니. 그것도 촌스럽디촌스러운 양복을 입은 그 침입자와.

보리보다 일찍 일어난 율이 셔터를 올려둔 〈미미 분식〉 일층에는, 마치 시간을 어제로 되돌리기라도 한 듯 그 남자가 돌아와 있었다.

5. 집은 1998년 9월 27일

남자는 자신을 권상은이라고 소개했다.

입을 열어 말을 하자 배우 뺨치는 목소리와 정중한 태도에 흐트러지고 철 지난 외양은 전혀 의식되지 않을 정도였다.

"어젠 많이 놀랐을 텐데, 늦었지만 사과드립니다. 정말 미안합니다."

상은은 마주앉은 보리와 율에게 고개를 조아렸다. 이만한 연상의 남자에게 사과를 받는 일은 난생처음이었다. 병원 원무과에 자리를 지키고 있다보면 직원으로서 고객에게 사과할 일은 손에 꼽을 수 없을 정도지만, 반대의 경우는 잘 없었다. 가끔 환자나 보호자가 제 분을 못 이겨 직원을 폭행하고도 도리어 적반하장일 때가 많아, 컴플레인하면서 큰소리만 안 내도 양반이었다.

"그래서 오늘도 오기 전까지 여러 번 생각했습니다. 어제 그런 일이 있고도 다시 와도 될는지. 결국 송구하게 오고 말았습니다만."

"셔터 여니까 밖에서 기다리고 있더라고요. 이 아저씨."

미안함과 불편함의 교차로에서 어쩔 줄 모르는 상은을 거들며 율이 설명을 더했다. 의자를 집어던지겠다는 기세는 사라지고 없었다.

"죄송합니다. 달리 갈 데가 없었습니다."

모든 문장에 '미안'과 '송구'와 '죄송' 없이는 말을 못 맺는 사람처럼 상은은 주눅이 들어 있었다. 여전히 기력도 없어 보였다. 고도의 연기가 아니라면 두고 보기 안쓰러울 정도였다. 거기에 도저히 감출 수 없는 꾸르륵꾸르륵 소리까지. 댁이 어디신데요 같은 질문은 일단 넣어두기로 했다.

"잠시만 기다리세요."

보리는 조금 남아 있던 된장찌개를 데우고 밥도 펐다. 원래 오늘 점심으로 율과 마저 먹으려 했던 건데 급한 사람에게 기꺼이 양보하기로 했다. 샐러드와 도시락 김도 곁들여 냈다.

상은은 사양하지 않고 식사를 받자마자 폭풍처럼 먹어치웠다. 어제 이곳을 떠난 후 내내 빈속이었다며, 다 먹자마자 이마가 테이블에 닿을 정도로 숙여 감사를 표했다.

어쩌다 여기서 영화를 찍는 게 아니라, 알지도 못하는 사람들에게 밥을 차려주고 있는지. 보리는 어쩐지 기억 속에 남아 있는 옛날이야기가 떠올랐다. 허름한 나그네를 집에서 극진히 대접했더니 사실 그가 신이었다거나 왕족이었다는, 그래서 나중에 형언할 수 없는 보답이 돌아왔다는 그런 이야기가.

"어디 다른 지역에서 오신 건가요?"

행색은 둘째치고 달리 갈 데가 없다는 말에 보리는 그렇게 물었다. 상은은 어떻게 대답해야 할까 망설이는 듯 얼굴을 가볍게 찡그렸고 그러자 눈 아래에 보조개가 팼다.

"집이 어디냐고 물으시는 거라면…… 아까 요 앞에서 학생한테도 잠시 말했지만."

"율이에요, 율."

"아, 미안합니다."

율의 지적에 상은은 다시 사과했다. 이어지는 이야기는 보리의 짐작과 장르가 전혀 달랐다.

"1998년입니다."

"네?"

"제가 시간을 미끄러져 온 것 같습니다."

보리는 눈만 깜빡였다.

"거슬러 올라왔다고 할 수는 없고, 아무리 봐도 여기는 미래니까 미끄러졌다고 하는 게 맞을 것 같아요."

"미래……요."

"네, 율이 씨 말로는 2019년이라고 하는데요, 여기."

상은은 자신도 받아들이기 어렵다는 듯 힘겹게 말했다.

"어제 아침까지만 해도 분명히 1998년이었습니다. 절대 착각할 리는 없어요. 회사에서 지급을 약속했던 날짜니까요. 1998년 9월 27일. 요즘은 매일매일이 지옥이었지만 그래도, 그날만 기다렸다고요."

이제는 어떤 대구도 없이 보리는 상은을 바라보았다. 길 잃은 소동물처럼 안절부절못하던 상은은 갑자기 양복 상의를 훌렁 벗었다. 그러곤 와이셔츠의 단추를 하나둘 풀기 시작했다. 보리는 퍼뜩 정신을 차렸다.

"저기요, 선생님. 뭐 하시는!"

"이해가 잘 안 되실 겁니다."

상은은 반쯤 열린 셔츠의 한쪽을 젖히고서 오른쪽 어깨를 드러내 보였다. 그러곤 독감 예방 접종을 할 만한 자리를 가리키며 말했다.

"13이 되었습니다."

가리킨 곳에는 오목하게 음각된 작은 숫자가 있었다. 남자의 말대로 13이었다. 어떤 장식이나 색감도 없이 희끄무레한 숫자뿐이었지만, 솜씨 좋은 타투이스트가 새기기라도 한 듯

정교해 보였다.

"여기가 타는 듯이 쓰려서 혹시 어딘가에 데기라도 했나 싶어 봤더니, 이런 숫자가 있었어요."

시력이 좋지 않은지 율은 고개를 앞으로 쭉 내밀며 상은의 어깨를 살폈다.

"오, 정말이네."

"하지만 어제는 14였습니다. 오늘 아침 열시 지나서 보니 13이 됐고요."

그러니까 하루가 지나니 숫자 1이 줄었다는 뜻이었다. 보리와 율은 마주보았다. 어제 의미를 알 수 없는 숫자가 몸에 나타났고, 하루가 지난 오늘 마이너스 1이 되었다고?

"그럼 내일은 12가 되나요?"

대단한 공식에 대해 토론하는 학자 같은 얼굴로 율이 물었다.

"내일이…… 되면 알 수 있지 않을까요?"

상은은 보리도 알 만한 답을 말했다.

세상의 많은 문제들을 시간이 해결해주기는 한다. 보리 역시 그걸 기대하면서 〈미미 분식〉에 신세를 지는 중이었다. 내일이 되면 은표가 혹시 돌아오지 않을까. 그게 아니라고 해도 지나간 하루만큼의 미련을 덜어내고 행남으로 내려갈 각오가 서지 않을까. 딱 한 달이었다. 보리가 기대 아니면 유예하는 마음으로 이곳에 머물기로 한 것은.

그러므로 그 시간 속에 권상은이라는 남자는 없었다. 아무리 예의 바르고 정중한 태도를 가졌다 해도. 상대방이 가엾다는 이유로 터무니없는 이야기를 듣고도 동조해주는 건 문제 해결에 전혀 도움을 주지 않는다고 병원의 고객 응대 매뉴얼에도 나와 있었다.

"아무튼…… 신기한 얘기네요."

보리는 그렇게 대꾸하는 수밖에 없었다.

율 역시 이곳에서 만난 낯선 사람이지만 적어도 이십 년 전 과거에서 왔다는 SF 영화 같은 설정을 풀어놓지는 않았다.

"과일이랑 음료수 조금 나눠드릴게요. 잠시만요."

보리는 자리에서 일어나며 말했다. 사정은 딱하나 도움은 여기까지이니 그만 떠나달라는 뜻이었다. 함께 내일을 맞이하여 12가 될 숫자를 확인할 의무는 보리에게 없었다.

율이 냉장고를 뒤적이는 보리의 곁으로 왔다.

"쫓아내는 거구나."

보리는 돌리지 않고 단도직입적으로 말했다.

"돌려보내는 거지."

"어디로요."

"글쎄, 1998년?"

"근데 왜 언니 아까부터 나한테 반말해요?"

"어?"

귤을 챙기던 손이 멈췄다. 내가 언제? 라고 반박하려다 기억을 거슬러 올라가보니 정말이었다. 아까 이상한 꿈에서 깬 후부터 스스럼없이 자연스레 말을 낮추고 있었다.

"아, 미안……"

"아니, 계속 그렇게 해요. 식구 같고 좋네."

놀리는 투로 말하며 율은 귤을 담는 보리의 손을 보았다.

"'조금' 나눠준다더니 전부 퍼 담아줄 기세네요. 진짜 갈 데 없어 보이는데 하루만 있게 해주면 어때요?"

"겁이 없어도 너무 없어요, 너는."

"왠지 울 아빠 생각이 좀 나서."

"너희 아빠도 좋은 생각이 아니라고 할걸."

"음, 확실히 그럴 거 같긴 하지만."

"그리고 숫자 때문에 쓰리다느니 불에 덴 것 같다느니, 솔직히 전혀 안 아파 보이잖아. 통증이란 게 그렇게 편리하게 있다 없다 하는 게 아니거든."

비록 의료인은 아니지만 병원 밥을 먹으면서 보리가 지켜본 것들이 없진 않았다.

"그건······"

내내 조용하던 상은이 끼어들었다. 평범한 분식집이니 아주 작게 속닥이지 않는 한 소리는 대체로 잘 닿고 만다.

"신기하게도 여기에서는 통증이 없습니다."

보리와 율이 동시에 돌아보았다.

"어제도 그랬어요. 밖으로 나가니 그때부터 통증이 시작됐고 밤새 안 멈췄는데."

상은은 지속적인 열감이 꼭 화상 입은 것처럼 아팠다고, 〈미미 분식〉을 떠난 뒤 얼마간은 견딜 만했으나 해가 질 무렵엔 꽤 고통스러워 가만히 웅크려 있는 것 말곤 아무것도 할 수 없었다고 설명했다.

"정말로 지금은 아무 느낌도 없어요. 거짓말 같아요."

상은은 스스로도 신기하다는 듯이 이제는 옷으로 잘 감싸인 어깨를 내려보며 톡톡 두드렸다.

"제 생각에 그 이유는······"

우르릉.

다시 그 진동이었다.

바로 냉장고 앞에 있던 터라 보리도, 율도 옆의 이 인용 테이블과 의자가 흔들리는 걸 똑똑히 보았다. 심지어 이번에는 진동과 소리가 이전보다 길고 강력했다. 상은도 꽤 놀라서 서

글서글한 눈을 더 크게 뜨고 그곳을 응시하는 중이었다.

이번엔 율이 너도 들었지? 냉장고 소음이 아니야, 라는 말이 다시 보리의 목구멍으로 쏙 들어가게 한 사람도 상은이었다.

"이유는…… 아마 저 때문인지도 모르겠네요."

말로는 안 했지만, 다시 보조개가 팬 그의 얼굴에 미안하다는 사과가 잔뜩 새겨져 있었다.

6. 뚝배기 토마토

율은 얼마 안 되는 짐을 창고에서 보리의 방으로 옮겨왔다. 율이 쓰던 방을 상은에게 양보하기로 했다.

상은은 일층에 머물게만 해줘도 감지덕지라고, 더이상의 호의는 빚 같아서 부담스럽다고 했으나 사람을 한겨울에 콘크리트 바닥에 방치해둘 수는 없는 법이다. 그것도 같은 지붕 아래에서.

율의 짐은 정말 간소했다. 작은 백팩에 문제집 두 권과 연습장, 필기구가 다라며 전부 쓸모라곤 없다고 강조했다.

"이따 코인 세탁소 갈까?"

구석에 그 유일한 짐을 홱 던져두는 율에게 보리가 물었다. 며칠째 같은 옷이니 갈아입고 싶을 것 같았다. 율의 반응은 예상대로였다.

"됐어요. 세탁소에 알몸으로 서 있을 순 없죠. 보기 좋은 몸도 아닌데 사람들 눈도 생각해줘야 하고."

여분의 옷이 없다는 적나라한 뜻이었다.

"저기, 비록 엎어졌지만, 그래도 여기 나름 영화 세트장이
었다고."

보리는 구석의 골판지 상자를 하나 가리켰다.

"배우 하나가 너랑 몸집이 비슷했거든."

카메라를 비롯한 그립, 조명, 사운드 장비 등 기자재는 대
여 업체에 예약을 취소해서 아예 들여오지도 못했지만, 의상
은 때마다 하나씩 찾아 모아둔 것이라 반납할 데도 없고 그대
로였다.

보리는 단단히 봉인된 테이프를 손톱으로 긁어 떼어내기
를 시도했다. 그러나 자꾸만 얇은 가닥으로만 벗겨지고 시원
하게 떼어지지 않았다. 보다못한 율이 필통에서 커터칼을 꺼
냈다.

"잠깐 비켜보세요."

백팩 안의 내용물이 다 쓸모없는 건 아니었다.

의상 상자에서 건져낸 니트와 슬랙스를 입자 율은 평범한
회사원처럼 보였다. 꼭 배우가 아니어도 옷 하나로 사람의 인
상은 전혀 달라진다. 영화의 여러 마법 가운데 하나다.

"이건 그 아저씨 줄까요?"

율은 적당한 사이즈의 남성복도 찾아냈다. 주인공의 남자 친구 역을 위한 의상이었는데 단정한 인상을 주는 면바지와 티셔츠였다. 상은에게도 잘 맞을 듯 보였다.

"그 양복 진짜 견디기 힘들거든요."

"나도 그래."

터지려는 웃음을 참으며 보리도 동의했다.

"언니."

곧장 상은에게 빌려줄 옷을 챙겨 일어날 줄 알았는데, 율은 뭔가 불만인 듯 뚱하게 보리를 바라보고 있었다.

"왜."

"궁금하면 궁금하다고 해요."

"뭐가?"

다 알면서 아닌 척하기는, 중얼거리며 율은 니트의 목을 쭉 늘여 제 오른쪽 어깨를 꺼내 보였다. 이어서 왼쪽 어깨도 똑같이 했다. 양쪽 모두 깨끗했다. 숫자 같은 건 없었다.

보리는 별달리 대꾸하지 않았다.

"그렇게 일 분에 한 번씩 흘긋거리면 모르려야 모를 수가 없답니다."

"내가 언제!"

"감독님이면 배우한테 그 정도는 물어볼 수 있어야죠. 과감히. 작품을 위해서.”

　율은 현장에 통달한 사람처럼 잔소리를 늘어놓았다. 바보 같은 소리였다. 아무리 가까워졌다고 해도 배우한테 무턱대고 궁금한 걸 다 묻는 일은 없다. 그러나 율의 요점 자체는 틀리지 않았다.

　상은의 사연을 듣고 나니 율도 혹시, 라는 의혹이 찾아온 것은 사실이었다. 강력한 진동 후, 상은은 ‘시간의 문’이 냉장고 옆 이 인용 테이블이라고 밝히면서, 아마 이 진동은 시간 여행의 여파일지도 모르겠다고 조심스레 추측했다. 비유하자면 큰 지진 후의 여진 같은 것이 아니겠냐며.

　상은은 여기에 도착하기 전 돌연 강렬한 멀미 기운에 시달리며 시야가 흐릿해졌다고 했다. 의식도 덩달아 희미해졌다. 시간이 얼마나 흘렀을까, 속이 좀 진정되었나 싶어 눈을 뜨자 〈미미 분식〉 안이었다고 했다. 정확히는 냉장고 옆 이 인용 테이블 앞에 엎드린 채였다. 마치 깊은 잠에 빠졌다가 깨어난 느낌이었다. 앉아 있던 원형 의자는 내내 달리던 오토바이의 시동이 꺼지는 것처럼 어느 순간 조용히 진동이 멈췄다고 했다.

　즉 상은은 바깥에서 〈미미 분식〉 안으로 걸어 들어온 게 아니라 맨 처음부터 이 안에 있었다는 뜻이었다.

　기억이 아주 선명하지는 않지만, 보리는 율과의 첫 대면을 떠올렸다. 이층에 있던 보리는 '계세요?'라는 소리를 듣고 아래로 내려갔고 분식집 가운데에 서 있는 율을 처음 보았다. 며칠 머물 작정으로 찾아온 사람치고는 짐도 없었고, 심지어 휴대폰조차 없었다. 자존심은 대단한 것 같은데, 민폐를 무릅쓰고도 굳이 여기에 머무르려고 했다. 무엇보다 상은의 믿기 힘든 고백을 듣고도 크게 동요하지 않아 보였다. 마치 아래층의 진동에 대해서도 심드렁했듯이.

그렇다면 혹시.

권상은이라는 사람이 지금 작정하고 율과 거대한 사기극을 공모 중인 게 아니라면, 자신이 시간 여행자인 것 같다는 그의 말이 진실이라면, 율을 향해서도 그런 의심이 생겨나는 건 당연한 일이었다.

분명히 해두고 싶다는 마음은 있었다. 이제 같은 방을 쓰게 되었으니 곧 알게 될 터였다. 그러나 싱거운 결론이었다. 세상에 영화처럼 아귀가 딱딱 맞는 일은 그리 많지 않은 것이다.

보리는 작게 한숨을 뱉으며 후보에서 탈락한 옷들을 다시 개어 상자에 차곡차곡 정리했다.

"뭐야, 그 한숨은. 안심하는 거예요, 실망하는 거예요?"

안심인지 실망인지 보리도 알 수 없었다. 둘 다 꼭 맞지는 않았다. 그저 의문 하나가 해소된 까닭에 긴장이 풀렸고, 내내 빈속이라 배가 고플 따름이었다.

마침 아래층에서 상큼하고도 고소한 냄새가 올라오기 시작해 뱃속의 요동이 더 거칠어졌다. 상은은 '저 때문에 놀라고 식사도 제때 못하셨는데, 부족한 솜씨지만 제가 뭐라도 좀 만들어보겠습니다'라며 오늘의 은혜를 갚게 해달라고 했다. 1998년이 아니라 1898년에서 왔다 해도 좋을 만큼, 요즘 세상 기준으로는 다소 답답할 정도로 깍듯한 인간이었다.

꽤 시장해진 터라 보리는 무엇이든 다 먹을 수 있을 것 같았다. 그래서 별다른 기대를 하지 않았는데도 아래층에서부터 침투해오는 냄새는 꽤 유혹적이었다. 율과 서둘러 내려갔다.

"메뉴판에 없는 거라면 아무거나 괜찮다고 하셔서."

상은이 걷어올린 소매를 만지작거렸다.

드시고 싶은 게 있냐는 질문에 보리가 그렇게 대답한 건 사실이었으나 솔직히 메뉴판에서 완전히 벗어난 걸 먹을 수 있을 거라고 기대하지 않았다.

반시간 전까지만 해도, 분식집용 그릇에 담겨 있던 음식은 백반이었다. 흰쌀밥과 된장찌개. 그런데 이제는 같은 그릇에 분위기가 전혀 다른 음식들이 자리를 차지하고 있었다. 메뉴판을 제대로 벗어난 상차림인 건 물론이고, 뚝배기부터 간장

종지까지 분식집에서 사용하는 그릇은 다 나와 있는 다소 화려한 구성의 상차림이기도 했다.

"너무 오래 걸리면 안 될 것 같아 냉장고에 있는 재료들로만 가볍게 차렸는데, 너무 가벼울까요?"

할말을 잃은 보리와 율에게 상은이 머뭇거리며 메뉴판에 없는 메뉴들을 변호했다. 먼저 껍질이 매끈하게 까진 삶은 달걀부터였다.

"대단할 건 없지만 그래도 잠시 설명을 드리면…… 달걀은 반숙으로 삶았습니다. 불과 시간만 정확히 계산하면 노른자를 적당히 촉촉한 상태로 익힐 수 있거든요. 첫 식사에는 아무래도 완숙보다는 부드러운 식감이 더 선호되니까, 그대로 드셔도 좋고 빵과 곁들이셔도 좋아요. 잎채소가 보여서 샐러드도 준비했습니다. 양파는 찬물에 담가 매운맛을 뺐으니까 자극적이지 않을 거예요. 토마토도 조금 썰어 넣었고요. 다만 양상추 신선도가 아쉬워서…… 오늘 다 먹어야 할 것 같아 넉넉히 만들었습니다. 당근은 그냥 조금 멋을 부려보았고요."

라면 대접에 소복이 담긴 양상추샐러드 위에는 얇게 썰려 돌돌 말린 형태의 당근 꽃이 놓여 있었다. 당근은 충동적으로 사두긴 했으나 손을 전혀 안 대고 있던 식재료였다.

"아, 드레싱은 간장과 식초, 마늘을 베이스로 한 평범한 오리

엔탈이라 편하게 드실 수 있을 거예요. 빵은 토스터도 오븐도 없어서 팬에 구웠습니다만, 드시기에 큰 차이는 못 느끼실 겁니다. 버터와 잼은 냉장고에 있는 걸 그대로 덜었을 뿐이고요."

눈으로만 보아도 고소한, 노릇하게 구워진 식빵은 떡볶이용 그릇에, 빨간 딸기잼과 노란 버터는 간장이나 케첩이 담기던 작은 종지에 각각 앙증맞게 담겨 있었다.

그래도 여기까지는 군이 설명을 듣지 않았다 해도 낯설게 느껴질 메뉴들이 없었다. 다음은 뚝배기에서 모락모락 김을 피워 올리고 있는 붉은색의 요리였다.

지금까지의 흐름대로라면 양식이어야 하는데, 메인 요리가 분명한 뚝배기의 정체는 아무리 보아도 추측이 어려웠다. 냄새로는 파스타의 한 종류 같기도 했지만 면은 안 보였다.

"그래도 겨울 첫 끼로는 역시 따끈한 음식이 좋을 것 같아서 수프를 준비했는데 입에 맞으실지 모르겠습니다."

"수프요?"

"토마토를 많이 사다두셨더라고요. 이미 완숙이기도 하고, 샐러드나 샌드위치만으로 다 드시기엔 아마 한참 걸릴 거예요."

"그쵸……"

저렴하다고 바구니째로 산 탓이었다.

"그럴 땐 따뜻하게 먹는 것도 방법이거든요. 눅진하게 삶아서 껍질은 말끔히 제거했습니다. 그리고 찌개에 쓰였던 양파, 감자, 주키니를 골고루 넣었어요. 남은 당근도 넣었고, 마늘과 치즈로 풍미를 더했습니다. 슬라이스 치즈인 게 아쉽지만, 아, 물론 조미료도 약간 도움을 줬고요. '미네스트로네'라고 합니다. 그냥 토마토수프라고 하셔도 되고요."

정말로 식재료 자체는 아주 평범했다. 하나도 빠짐없이 모두 냉장고 안에 있던 것들이었다. 그러나 보리와 율이 절대 구현할 수 있는 결과물은 아니었다. 아주 꼼꼼한 디테일과 숨은 숙련도가 완벽히 녹아든 상차림이었다.

"가벼운 게 아니라 과한 것 같은데요."

보리는 얼떨떨한 채로 자리에 앉았다.

"핫플 감성 브런치네. 잘 먹겠습니다."

율도 따라 앉으며 숟가락을 들었다. 그리고 미네스트로네를 한입 먹더니 지금껏 단 한 번도 보여주지 않은 표정으로 감탄사를 터뜨렸다.

"이거 심각하게 맛있잖아!"

"육수도 못 내고 셀러리도 허브도 없고, 평소처럼 공은 못 들였지만 그래도 맛있다고 해줘서 고맙습니다."

"아저씨, 대체 뭐 하는 사람이에요? 직장 어디예요? 아니,

어디였어요? 지금도 있어요?"

연이어 율의 질문 공세가 터졌다.

"주방장이요. 명동에 있는 관광호텔 소속 레스토랑이었는데. 글쎄요. 아직도 있으려나."

마치 먼 옛날을 회상하듯 상은이 말했다. 보리와 율은 할말을 잃었다. 호텔 레스토랑의 주방장이면, '부족한 솜씨' 같은 단어 선택은 거짓말 아닌가.

보리도 서둘러 한 숟가락 떠 먹었다. 향긋하고 깊은 따뜻함이 가차없이 밀려와 이쪽을 와락 끌어안았다. 그런 맛이었다.

시판 소스로 스파게티를 만들어 먹는 게 전부일 뿐, 토마토로 직접 수프를 끓여 먹을 일은 이제껏 보리의 인생엔 단 한 번도 없었다. 물론 그렇게 해볼까 생각해본 적도 없었다. 토마토란 먼저 꼭지를 떼고 반으로, 또 반으로 잘라 날것 그대로 먹는 과일로 익숙했다. 보리에겐 어느 계절이든 따뜻한 토마토라는 가능성은 존재하지 않았다.

메뉴판에 없는 메뉴.

미네스트로네. 가격은 알 수 없음.

보리는 뚝배기의 바닥까지 싹싹 긁어먹으며 생각했다. 이 〈미미 분식〉이라는 곳 참 매일매일이 예측 불허네, 라고.

7. 시나리오와 이력서

몸에 새겨진 숫자. 시간 여행과 진동. 시간 여행 후 돌아가는 방법……

작성하던 이력서를 잠시 닫아두고 보리는 떠오르는 단어를 검색창에 쳐 넣어보았으나 만족할 만한 답을 얻지는 못했다. 타투 숍 주소, 조직폭력배 관련 기사, 물리학으로 보는 SF 영화, 미아보호소 안내 같은 것들이 결괏값으로 어지럽게 섞여 나올 뿐이었다.

넘치는 정보 속에 원하는 답은 없었다. 이 답을 아는 사람이 세상에 존재하긴 할까? 분명 여기서 시간이 멈추지 않는 한 반드시 결말은 있을 텐데, 없을 수가 없는데. 답답했다.

새삼스레 시나리오 쓰기와 비슷하다는 생각이 들었다. 영화에는 반드시 마지막 신이 있고, 러닝타임은 영원하지 않으니 언젠가는 끝난다. 작가는 그 끝을 내야만 한다. 다만 그 마지막이 어떤 장면이 될지 써 넣기 전까지는 확신할 수 없을 뿐이다. 미리 정해둔 엔딩이 있다 해도 방심하면 안 된다. 막상 쓰다보면 전혀 다른 길에 들어서 헤매기도 하고, 예상치 않았던 낯선 결말에 가닿기도 하므로.

지금 상황이 마치 그 시나리오 집필 과정과 같아서 보리는 허탈하게 웃었다. 똑같이 인물, 배경, 사건이 있지만, 지난 과거의 나열만으로도 완성되는 이력서와는 차이가 컸다.

막힐 때는 처음부터 다시 흐름을 짚어보기. 보리는 '권상은'이라는 인물의 처음으로 돌아가보았다.

오늘 그는 달리 갈 데가 없어 〈미미 분식〉으로 돌아왔다고 했다. 한국에서, 그것도 서울에서 이십 년가량의 시간은 많은 것을 변화시키므로 무시할 만한 세월이 아니다. 여긴 무언가 화려하게 나타났다가도 금세 사라지곤 하는 그런 곳이니까. 실제로 상은이 일했다던 호텔도 검색해보니 지금은 이름도 경영자도 모두 바뀌어 있었다.

무엇보다 상은이 돌아온 가장 중요한 이유는 단서를 얻고 싶어서였다. 시간을 미끄러져 와 도착한 곳이 〈미미 분식〉이었고, 율과 보리가 거기서 최초로 만난 사람들이었다. 즉 '현장'에 있던 둘에게 '이런 사건'에 대해 뭔가 알고 있을지도 모른다는 가능성을 기대했다고 했다.

그러나 보리의 입장에서는 상은의 등장이야말로 '이런 사건'이었다. 자신도 여기에 한시적으로 머무는 처지이며 당황스럽긴 마찬가지라는 대답 말고는 해줄 수 있는 말이 없었다. 줄 만한 단서 같은 건 없었다.

어색하고 불편한 공기를 견디기 힘들었는지 상은이 소지품을 하나둘 테이블에 꺼내놓았다. 자줏빛의 구권 천원짜리 지폐 몇 장. 무선 이어폰을 담는 통인가 싶었으나 자세히 보니 삐삐. 짙은 갈색의 마그네틱 선이 가로지르는 종이 지하철 정기권. 그리고 1958년생이라고 적힌 지금과는 다른 디자인의 주민등록증.

물증을 내놓으며 상은이 말했다. 어쩌다 이런 일이 생겼는지 도무지 모르겠으며, 믿지 않으신다 해도 드릴 말씀은 없지만 아무튼 이건 상식적이지 않은 상황이라고. 자신은 그저 1998년으로 돌아가고 싶다고, 그 방법을 찾고 싶을 뿐이라고 했다.

보리도 그가 돌아가야 한다는 사실엔 동의했다. 그게 '어디'든 '언제'든 지금 막혀버린 부분이 바로 거기였는데, 포털 사이트 검색창과 집단 지성에는 일단 그 답이 없어 보였다.

당연한가. 보리는 속으로만 중얼거렸다. 시간 여행이 말 그대로 시간을 훌쩍 뛰어넘는 일이라면, 인터넷 시대를 벗어난 오래전이나 먼 훗날을 오가는 일에 대해 겨우 현재가 과연 무엇을 얼마나 말할 수 있을까 싶어서였다.

다시 처음으로 돌아가보았다. 시간 여행이라니. 그것부터 잘못된 전제가 아닐까. 단서의 부재는 결국 이쪽에겐 신뢰할 근거의 부재이기도 했다.

차라리 '이런 사건'은 뭔가 사실대로 말하기 어려운 사정이 있는 이의 거짓말이라고 생각하는 편이 합리적이지 않을까. 근사한 식사는 고마웠지만, 그와 별개로 시간 여행을 납득하고자 애쓰는 거야말로 바보 같은 일일지도 몰랐다.

"언니는 대체 전공이 뭐예요?"

등뒤에서 율의 물음이 날아들었다. 돌아보니 율은 모로 누워 소품용 만화책을 뒤적이고 있었다. 지금껏 율은 보리에게 먼저 사적인 질문을 한 적이 없었다. 저도 묻지 않을 테니 언니도 묻지 말라는 게 암묵적인 규칙인 줄로 알았기에 이런 질문은 다소 의외였다.

"주방장님은 요리, 뭐 의심의 여지가 없잖아요."

차려준 밥상이 증거니까, 하고 덧붙이며 율은 만화책을 덮었다. 어차피 6권 딱 하나뿐이라 앞뒤 내용을 알 수 없어 재미도 없을 터였다.

"영화 전공으로 병원 행정직 취업은 어려울 것 같은데. 아니, 직장 다니면서 영화 찍으러 다니는 것부터 이상하죠. 그럼 병원 행정 전공일까? 학교 다니면서 영화 동아리를 한 걸까? 그런 애들 있더라고요. 주 전공이 동아리인 애들."

범인의 범행 동기를 추리하는 탐정처럼 율은 혼잣말로 이런저런 가능성을 타진하고 있었다.

보리는 노트북을 닫았다. 자기소개서를 임시 룸메이트에게 일부 공유해야 할 시간 같았다. 단 조건을 붙였다.

"궁금해?"

"궁금해요."

"내 전공 말해주면, 나도 질문해도 돼?"

"난 말할 게 딱히 없는데요. 이제 와서 사는 동네 궁금한 건 아닐 테고."

틀린 말은 아니었다. 율이 어디에 사는가는 보리에게 중요한 문제는 아니었다. 호기심이 생겨나는 동기는 대체로 둘 중 하나다. 상대를 신뢰할 수 없을 때 안심하고 싶어서, 또는 좋아하게 되었을 때 더 잘 알고 싶어서.

그러나 보리의 마음은 그 두 가지에 딱 해당하지는 않았다. 양쪽에 어정쩡하게 걸쳐 있다고 해야 적절할 것 같았다. 물론 전자 쪽에 좀더 기울어 있기는 하지만.

"그럼 내 '개인 정보'를 그냥 말해달라고? 안 그래도 절친한테 사기당하고 세상에서 제일 못 믿을 게 인간이라고 결론 내렸는데."

"아아, 알았다고요. 물어봐요, 암거나. 그래서 뭔데요, 전공."

"없어."

항복하며 양손을 들어 보이는 율에게 보리는 간단히 대답했다.

"나는 전공이 없어."

짧게 끼어든 침묵 끝에 율이 다시 물었다.

"그럼…… 그 논란 많은 자율 전공 뭐 그런 거?"

"아니, 정말로 없어. 전공이."

"재미없으니까 농담 그만하고요."

"대학에 간 적이 없어."

그 말에 율의 얼굴은 텅 빈 것처럼 변했다.

두 번째 직장이었던 병원 면접 때, 지방 상업 계열 특성화 고등학교의 이름으로 최종 학력 칸을 채운 이력서를 본 인사 담당자의 표정이 그와 비슷했다. 기대와 달라서 당황했지만 내색은 하지 않으려 애쓰는 그런 표정이었다.

응시 자격이 고졸 이상인 몇 안 되는 선택지 중에서 신중히 골라 성심껏 지원한 곳이었는데, 면접을 보러 갔더니 정작 담

당자는 구인 광고를 낼 때 사이트에 조건을 잘못 입력했다고
했다. 재밌는 건 지금까지 지원자가 하나도 없어서 광고가 잘
못 나간 줄도 모르고 있었다는 사실이었다. 나중에 알았지만
동종 타 병원에 비해 급여가 많이 낮은 편이었다. 업계 사람
들은 이미 알고 거르는 병원이었던 거다.

그 시절 보리는 오로지 행남을 떠나고 싶었다.

상경. 사무직 취업. 직원 기숙사. 당시엔 그 세 가지가 원하
는 전부였기에 채용이 확정되자 뒤도 돌아보지 않고 서울로
왔다. 서울이고 병원의 사무직, 게다가 직원 기숙사도 있다 하
니 객지 생활을 탐탁지 않게 여기는 엄마도 반대하지 않았다.

고교 연계로 취업했던 시내 작은 무역업체에서 근무한 이
년의 경력을 그나마 인정받아 수습 삼 개월 조건의 인턴으로
붙었다. 그후 악착같이 업무를 익혀 정규직으로 전환하는 데
도 성공했다. 물론 폐업하는 바람에 지금은 다시 구직을 해야
하는 신세가 됐지만.

"영화 얘긴 없는데요."

가만 듣던 율이 빠진 퍼즐 조각을 지적했다.

"은표가 왔어, 병원에."

이제 율도 횡령자의 이름이 낯설지 않은 듯 알겠다는 눈빛
이 되었다.

보리는 이제 이력서와 자기소개서에는 쓸 수 없는 이야기로 접어들었다.

"촬영 장소 섭외 전문가거든. 걔가 영화 전공이야. 궁극적으론 자기 작품 연출해서 인정받고 싶은데, 당장 먹고살자면 생업도 필요하니까. 그래도 현장에서 뛰는 일이 좋다고 로케이션 매니저가 된 거야. 하루는 우리 병원 로비를 촬영지로 쓰고 싶다고 허가받으러 왔더라고."

재작년이었다. 은표가 행남을 떠난 이후 칠 년 만의 재회였다.

"그 계기로 친해져서 현장에 놀러가고 도와주고 하면서 배웠는데, 연출부 뛰면서 누군가 작품 하나 완성하면 시끌벅적하게 시사회 하고 얼마나 재밌던지. 엔딩 크레디트에서 연출부 맨 아래에 내 이름 석 자 처음 볼 땐 닭살이 돋더라. 오스카상이라도 받은 것처럼."

보리는 첫 현장과 시사회를 떠올리며 쿡쿡 웃었다.

"난 환경에 나를 맞춰 사는 게 마음 편한 사람이었거든. 엄마 혼자 날 겨우 키웠는데, 그런 집안 형편을 뻔히 아니까. 대학은 처음부터 꿈도 안 꿨어."

엄마는 좋아하던 사람의 아이를 가졌지만 상대방 집안의 반대로 헤어져야 했다. 일찍 부모를 여읜 탓에 도움받을 곳도

없이 혼자 낯선 곳에 터를 잡아 보리를 낳고 키웠다. 보리의
눈엔 차가우면서도 강한 엄마였다. 가끔은 매정하다 싶을 정
도로 단호해 상처도 받지만, 그런 성정이 세상으로부터 보리
를 지켰다는 것을 알고 있었다.

"원망한다고 해결될 것도 아니고, 그렇다고 체념도 아니
고…… 그냥 현실을 빨리 인정한 거야. 그래서 특성화고 진학
하겠다고 내가 선수 쳤는데, 엄마도 속으론 미안해했는지 모
르지만 말리진 않았어. 오히려 은표가 그냥 자기랑 같이 인문
계 가자고, 너 나중에 후회한다고 그랬지."

율은 잠자코 들었다.

"그런데 그땐 취업이 내 유일한 꿈이었어. 엄마한테서 당당
해지는 유일한 길이기도 했고. 적어도 내가 세상에 나라는 조
각을 끼워 넣어볼 수는 있을 것 같았다고나 할까. 내가 있을
자리 하나 만드는 거."

경제적 독립을 이루자 다음 꿈이 고개를 들었다. 행남을 떠
나기. 엄마에게서 벗어나기. 대학은 안 갔지만 서울은 갈 수
있지 않을까. 꿈을 닮은 도시는 아무래도 행남보다는 서울이
니까.

"그리고 은표를 다시 만나고 영화를 찍으면서 처음으로 알
게 됐어. 나도 좋아서 가슴이 뛰는 게 있구나. 내가 맞춰야 하

는 게 아니라, 내가 만들 수 있는 세계도 있구나. 진짜 '꿈'이란 이런 거구나."

"흐음."

호응인지 의심인지 불분명하게 율은 반응했다.

"모르겠네요. 영화는 보고 나서 돈 안 아까우면 됐지 난 만들고 싶단 생각까진 안 들던데. 아, 이왕이면 꼭 닫힌 해피 엔딩이면 더 좋고."

기대했던 것만큼 율에게 재밌는 자기소개는 아닌 모양이었다. 율은 누운 채로 무방비한 고양이처럼 기지개를 쭉 켜더니 하품을 터뜨리며 물었다.

"그래서요? 이름 알고 나이 알고 삼수생인 것도 알고, 성격 별로인 것도 알고. 언니는 나한테 뭐가 더 궁금한데요. 좋아하는 아이돌?"

밤이 늦었다. 보리는 불을 끄고 자리에 누웠다. 내내 혼자 방을 쓰다 곁에 누군가 있는 게 어색하면서도, 병원 기숙사 생활과 다를 것도 없어서 크게 불편하지는 않았다.

"질문 하나. 어제 아침엔 어디 다녀왔어?"

산책이라고 하기에 대수롭지 않게 여겼으나, 율이 혼자서 어딜 다녀왔을까 보리는 문득 궁금해졌다. 어둠 속이라 그런지 대답을 기다리는 시간이 더 길게 느껴졌다. 엷은 긴장감마

저 감돌았다. 어쩌면, 적당한 대답을 꾸미는 데 필요한 시간일지도 몰랐다.

"동네 산책했다니까요. 답답해서."

"흐음."

이번에는 보리가 정체 불분명한 추임새를 넣었다.

"그럼 질문 둘."

"뭐예요. 난 하나만 물었는데."

"이름은 누가 지어주셨어?"

"그게 진짜 궁금해요?"

어두워서 안 보이지만 찡그리고 있는 게 분명한 목소리로 율이 물었다. 바로 반응하는 걸로 보아서는 첫 질문보다는 편안하게 느끼는 것 같았다.

"응, 내 이름 보리잖아. 이유가 되게 심플하거든. 생일이 2월 28일인데, 그날 탄생화가 보리라서 그렇게 지었대. 다른 날 태어났으면 뭐가 됐을지 모를 운명이지."

자기소개서에 항상 포함하고 면접 때도 분위기를 풀기 위해 넣는 레퍼토리였다. 재밌다 내지는 엄마가 너무했다는 반응이 주된 반응이었다. 율은 후자였다.

"진짜요?"

"응, 엄마 피셜."

"뭐가 될지 모를 운명이었네요."

"그래도 8월 4일이 아니라서 다행이야."

"뭔데요, 그날은?"

"옥수수."

보리의 대답에 율이 키득거리다 물었다.

"근데 보리든 옥수수든 곡식 아닌가, 꽃이 아니라."

"땅에서 자라는 먹을 것들은, 열매가 되기 전에 대체로 꽃을 먼저 피우지."

지금은 엄마의 어록을 따라 넉살 좋게 말하지만, 보리가 아직 작았을 땐 또래들에게 놀림당하고 개명하겠다고 눈물을 뚝뚝 흘린 적도 여러 번이었다.

"나는 아빠가 지었어요. 그리고 이미 짐작하신 대로 나도 열매예요."

"설마."

"맞아요. 밤나무 율栗. 태몽이어서요."

보리에게서도 웃음이 터졌다. 설마 했는데 정말이었다.

사소한 대화를 이어가던 중 율은 머잖아 잠의 초대를 받았지만 보리는 그러지 못했다. 〈미미 분식〉에서 하루 동안 벌어졌던 일들 덕분에 미래를 향한 불안이 잠시 희미해졌을 뿐, 곧 다시 막막한 어둠에 사로잡혔다.

여전히 행방이 오리무중인 은표, 그리고 몇 군데 지원서를 넣었으나 아직 묵묵부답인 병원들. 꽃도 열매도 없는 겨울 같은 현실이었다.

옆방도 인기척 하나 없이 고요했지만 그렇다고 신경이 안 쓰인다면 거짓말이었다. 보리는 조용히 자리에서 일어나 다시 노트북을 열어 새로운 검색어를 넣어보았다.

권상은. 셰프 권상은.

아주 독특한 이름도 아니고 중성적이기도 해서 눈에 띄는 검색 결과는 없었다. 1998년 기준, 마흔한 살이라는 나이가 무색하게 상은은 꽤 동안이지만, 그대로 나이가 들었다면 2019년에는 환갑이 넘었을 터였다. 이미지를 중심으로 살피면서 나이든 얼굴을 감안해도 이거다 싶은 사람은 없었다.

검색어를 바꿔보았다. 1998년 9월 실종.

좀 더 적극적으로 '시간 여행자'라는 입장을 신뢰하는 단어였다. 그러나 검색 결과를 보자 보리는 마음 한구석이 시려졌다.

1997년의 국가 부도 후, 실종되었다가 스스로 목숨을 끊어 시신으로 발견된 이들의 단신이 차례로 늘어서 있었다. 한국사 시간에 얼핏 들은 기억이 있으나, 1991년생인 보리가 체감하는 역사는 아니었다. '회사에서 지급을 약속했던 날짜니까요.' '매일매일이 지옥이었지만 그날만 기다렸다고요.' 상은의 말이 다시 떠올랐다.

보리는 잠시 망설이다가 검색어를 다시 바꿨다. 1998년 권상은 사망.

결과로 뜬 링크를 이것저것 눌러보았다. 다행이라 해야 할까. 지금 옆방에서 잠들어 있을 남자가 주인공인 기사는 보이지 않았다.

8. 무심한 열정의 봉골레

12였다. 12월 16일 오전 열한시에 확인했을 때 예방 접종 자리의 숫자는 정말 12로 바뀌어 있었다.

고치거나 덮어씌운 흔적도 없이 처음부터 12였던 것처럼 말끔하기만 했다. 예상을 안 했던 것도 아닌데 눈으로 보면서도 보리는 믿기 힘들었다.

"마이너스 1 맞네요."

율의 확인까지 마치자 상은은 걷어올렸던 티셔츠의 소매를 다시 정리해 내렸다. 빌려준 의상은 소매와 바짓단이 상은에겐 약간 짧았으나 품은 괜찮았다. 적어도 낙하산을 걸친 것 같았던 그 양복보다는 훨씬 나았다.

"네, 그래서 어제 빌려주신 잠자리에서 잘 생각해보았습니다. 이제 숫자는 저 혼자만 알고 본 게 아니라 두 분이라는 증인도 게시니…… 앞으로 계속 줄어드는 게 맞겠지요. 이게 다

같이 꾸는 꿈이 아니라면 말입니다."

보리와 율에게도 이견은 없는 결론이었다.

"그래서 기다려보려고요. 숫자가 다 줄어들면 뭐라도 답을 알 수 있을 테니까요. 영화로 치면 러닝타임 아니겠습니까. 끝이 있기는 있는 것 같으니, 제 나름대로 마음은 좀 추슬렀습니다."

어제보다 조금 더 시든 장미꽃 너머로 상은은 그렇게 말하며 빙그레 웃었다.

러닝타임. 분명한 건 마지막이 있다는 것뿐. 어젯밤의 고민과 그 무게가 보리에게 되돌아온다.

"제가 장사하는 데서 일하던 사람이라 신세만 지는 건 마음이 편치 않아서요. 재워주신 값으로 제가 점심 식사까지는 준비하고 떠나겠습니다. 뭐 드시고 싶으세요?"

"저기. 환자분, 아니 선생님. 주방장님, 잠시만요."

보리는 아직 정리 안 된 호칭으로 일어서려는 상은을 멈춰 세웠다. 진료비 정산 안 하고 몰래 나가려던 환자를 제지한 적은 있어도, 제값 치르고 나가겠다고 선언하는 사람을 붙잡기는 또 처음이었다.

"바깥에서는 통증이 생긴다고 그러셨잖아요."

"믿어주시는 거군요."

상은이 엷은 미소를 지었다. 고마움이 담겨 있었다.

"하지만 어제도 말씀드렸다시피 그게 완전히 못 견딜 정도는 아니라서요. 일이 일이다보니 화상은 숱하게 겪었고. 그거 비슷하다고 생각하면 뭐…… 진짜 화상처럼 곪거나 터질까봐 치료해야 되는 것도 아니고요. 좀 아파도 어지간해서는 등교도 하고 출근도 하는 게 한국 사람 아닙니까. 하하."

"파스타도 되나요?"

뭐라고 대꾸해야 할지 막막한 와중에 율이 치고 들어왔다. 보리는 이 룸메이트가 조금은 애틋해진 것과는 별개로 이럴 때 다시 뒷목에 힘이 들어가고 말았다. 지금 그런 걸 물어볼 때가 아니잖아. 그러나 상은은 그 주문이 몹시 기쁜 기색이었다.

"아, 그럼요. 전공인데요. 제일 쉽죠. 다만 우리 냉장고에는 재료가……"

"제가 사 올게요."

율은 보리를 바라보며 말했다. 좀체 보여준 적이 없는 신이 난 얼굴이었다. 도저히 찬물을 끼얹을 수 없는 분위기가 되어서 보리는 그럼 다 함께 가자고 했다.

우르릉. 그때 냉장고 옆에서 다시 진동이 일었다. 세 사람 모두 동시에 그곳을 보긴 했지만 이제는 대수롭지 않게 여기게 되었다. 그저 자신이 떠나면 저것도 잠잠해지지 않겠냐며,

상은이 조금 미안해할 뿐이었다.

버스를 타고 몇 정거장 떨어진 대형 마트에 들어서자마자 상은은 벌어진 입을 다물지 못했다. 현금이 아닌 카드로 결제되는 버스 탑승을 시작으로, 모든 승객들의 손에 들린 컬러 액정의 스마트폰, 줄이 없는 이어폰, 이십 년 전과 상호는 같지만 디자인은 달라진 간판들을 맞닥뜨리며 충격은 하나둘 누적되어갔지만, 한계치가 폭발한 곳은 마트였다.

상은이 선택한 표현은 '무섭게 다른 세상'이었다.

"페페론치노를 파네요? 치킨스톡도 몇 종류나 되고요. 거래처 발주 안 통하면 수입 상가에나 가야 구할 수 있는 건데. 펜네 푸실리 엔젤스헤어 링귀네…… 면도 종류대로 다 있고. 아니 시판 소스가 이렇게 다양하면…… 아아, 이렇게 집에서 다 해 먹을 수 있으면 이탈리안 하는 셰프들 먹고사는 데는 지장 없나요?"

태어나 테마파크에 처음 와본 아이의 얼굴로 상은은 질문을 퍼부었다. 진짜로 답이 궁금한 사항은 아닌 것 같았다. 상은은 상품 진열대를 칸칸이 탐색하며 분석하는 데 흠뻑 빠져 있었다. 보리는 카트 손잡이에 팔을 기대고 오늘의 메뉴가 정해지기를 기다렸다.

마음에 걸리는 것은 딱 하나였다.

"팔은 괜찮으세요?"

"아, 따끔따끔한 것도 같고요."

상은은 이쪽 끝에서 저쪽 끝까지 한 줄로 늘어서 있는 파스타 면을 신중하게 바라보면서 대답했다.

"잘 모르겠어요, 덜 아픈 것도 같아요."

파스타 면을 이야기할 때는 한껏 들떠 보였는데 어쩐지 무심한 답변이었다. 저 자신의 통증에 대한 질문이었는데도 말이다. 그건 좋아하는 일에 집중한 까닭이다.

그 몰입 과정에서 일어나는 마법 같은 치유의 효과를 보리도 알았다. 좋아하는 일이 주는 용기와 힘은 꽤 강력하다는 걸.

그나마 다행이라는 대꾸도 하기 전이었다. 상은이 갑자기 보리를 향해 돌아서며 돌진하듯 말했다.

"보리 씨!"

"예?"

긴박함마저 느껴져서 보리는 상은이 시간 여행에 대한 어떤 중요한 단서라도 떠올렸나 싶었다.

"한곳에서 쉽게 해결될 거라는 기대는 안 하지만, 혹시⋯⋯ 여기 수산물도 팝니까?"

빗나간 예상에 보리는 잠깐 할말을 잃었다가 고개를 끄덕였다. 그러자 상은은 이번에는 줄을 안 서도 원하는 놀이기구에 즉시 탑승이 가능하다는 소식을 듣기라도 한 것처럼 미소를 지어 보였다.

덕분에 점심 메뉴는 봉골레파스타로 정해졌다.

넉넉하게 구매한 바지락은 아낌없이 파스타 재료로 쓰고도 남아, 상은은 다른 요리에 활용하라며 통에 담아 냉동실에 넣어주었다.

조화롭게 어우러진 마늘의 알싸함과 바지락 육수의 감칠맛이 몸을 천천히 녹여주는 동시에 기운을 북돋아주었다. 추위에 언 몸을 녹이는 데는 그 무엇도 한식의 국물 요리를 못 따라간다는 보리의 고정관념에 종지부가 찍히는 순간이었다.

"제가 있던 곳에서는 토마토 소스 수요가 압도적인데 여기선 아닌가봐요. 레스토랑에서도 크림이나 오일 레시피는 해외 경험이 오랜 손님이 아니면 추천이 조심스러웠거든요. 유행은 참 알 수 없나봅니다."

면을 끊을 줄도 모르고 쭉쭉 빨아들이는 율을 보며 상은이 말했다. 제 손길로 완성된 요리를 탐닉 중인 손님을 향한 흐뭇함과 자부심이 담담한 표정 전체에 묻어 있었다.

먹는 속도가 조금 늦다뿐 보리 역시 속으로 감탄을 연발 중이었다. 가장 이상적인 봉골레의 맛이란 게 있다면 바로 이거라고 단언해도 좋을 만큼 맛있었다. 냉면기에 담긴 이 봉골레가.

이제는 상은의 등 뒤에서 간헐적으로 이는 진동에도 모두 그러려니 했다. 중요한 건 모여 앉은, 지금 이 순간의 테이블이었다.

"근데요, 이제 어디로 가려고요, 주방장님?"

어느 정도 배가 차올랐는지 율이 물었다. 제 작품을 만족스럽게 꼭꼭 씹어 삼키며 상은이 말했다.

"찾으면 됩니다. 그건 염려하지 마세요."

"음, 그럼 그거 말고 뭘 염려하면 좋을까요?"

그래도 몇 번씩이나 함께 식사를 나누었다고, 율은 섭섭함을 담아 일부러 짓궂게 대꾸했는데, 상은의 이번 대답은 역시 진지했다.

"98년으로 어떻게 돌아갈지는…… 여전히 오리무중이네요. 그래도 숫자가 다하면 뭐라도 알겠지요."

아직 여기의 누구도 답을 모르는 질문을 읊조리고는 상은은 면을 호로록호로록 삼켰다. 지금은 그저 이 그릇을 깨끗이 비우는 일만이 유일한 의지이자 목표인 것처럼.

"가족이 있어요? 98년에요."

율이 다시 물었다. 타인을 향한 관심이 지극히 적은 사람 치고 오늘따라 질문이 많았다. 상은도 율에게 조금 놀란 눈치였으나 싫거나 곤란한 기색은 아니었다.

"남동생이 하나 있어요. 양친께선 어릴 때 돌아가셔서 사진으로만 얼굴을 알아요."

"흐음. 부인이나 애인은 없어요? 아이는?"

"율아."

보리는 율에게 네가 그렇게나 중요하게 생각하는 개인 정보는 캐묻지 말자고 말하려 했으나 상은이 선선히 대답했다.

"괜찮아요. 저는 독신입니다. 그렇지 않아도 이 나이 되도록 다들 한심하다고 했는데요. 솔직히 나라가 이렇게 되고 하루아침에 해고당하고 남은 건 빚뿐이니 그나마 다행이다 싶었어요."

상은에게서 어젯밤 보리가 검색했던 결과와 이어지는 이야기가 흘러나왔다.

주방장이라는 직급은 1998년에서도 상은에겐 과거형이었다. 1997년 IMF 사태가 터진 후, 상은이 고용된 호텔 역시 경영난을 피하지 못했다. 호텔측은 이탈리안과 프렌치 레스토랑을 양식 사업부로 통폐합하고 인원을 감축한다고 일방적으로 통보했다.

프렌치 레스토랑의 주방장은 유학파인 데다 호텔 임원의 지인이었다. 학벌로도 인맥으로도 밀리는 상은은 해고 대상 일 순위였다. 사측은 전례 없이 어려운 경기지만 퇴직금만은 차질 없이 지급하겠다 약속하는 것으로 상은을 적당히 달래 퇴직시켰다. 다른 직장인들은 그런 기약조차 없이 길바닥에 나앉는 일이 매일 벌어지는 그런 해였다.

그러나 약속은 육 개월이 지나도록 지켜지지 않았다. 상은은 이 호텔 입사 전 도전했던 개인 사업에서 한 번 실패를 겪었는데 그때의 빚이 아직 다 정리되지 않은 상태였다. 1998년은 상은에게 매일이 낭떠러지 같은 해였다.

"그럼 98년으로 돌아간다고 해도, 다시 그 지옥으로 돌아가는 것뿐이잖아요."

율의 결론은 다소 냉혹했다. 사연을 듣고 보니 보리도 그렇게 생각했지만 차마 입으로는 꺼내지 못할 말이었다. 정작 이 인용 테이블은 조용한데 마음이 우르릉하고 울리는 것 같았다.

보리는 남은 파스타 소스에 바게트를 조용히 담글 뿐이었다.

"맞습니다."

화를 낼 줄 모르는 사람처럼 상은은 순순히 인정했다.

"그 말이 맞아요. 그래서 그 지옥을 피하려고 했던 벌을 지금 받고 있는 건지도 모르겠어요."

우르릉.

"벌이요?"

율의 말이 진동에 묻혔다.

하지만 이전처럼 적당히 울리다 끝나지 않고, 강도가 조금씩 고조되며 길게 이어졌다. 보리는 쥐고 있던 바게트 조각을 툭 떨어뜨렸다. 율도 포크를 내려놓았다.

세 사람 중 가장 차분한 사람은 의외로 상은이었다. 뭐지? 왜 안 멈추지? 의심하는 보리와 달리 상은은 예고된 무언가를 기다리는 사람처럼 이 인용 테이블을 뚫어져라 응시하는 중이었다.

이유는 곧 밝혀졌다. 교향곡의 피날레같이 화려한 소리를 터뜨린 후 다시 잠잠해진 테이블 위로 희미한 안개가 피어오르기 시작했다.

원형 의자엔 〈미미 분식〉의 출입문을 통해 들어온 적 없는 손님 한 명이 엎드린 채 앉아 있었다.

9. 우르릉, '그'

"그만 깨우는 게 낫지 않을까요."

인내심이 바닥난 율이 제안했다. 그러나 '그'가 나타나고 아직 오 분 남짓 지났을 뿐이다. 보리가 물었다.

"주방장님은 얼마나 저 상태로 계셨어요?"

"알 수 없죠. 그땐 저 혼자였으니까…… 깨어나서 주방을 어슬렁거릴 때 율이 씨가 발견했거든요."

"흐음."

율은 벌써 '그'의 헝클어진 머리카락을 귀 뒤로 조심스레 넘기며 생김새를 확인하는 중이었다. 덕분에 보리에게도 '그'의 외양이 좀더 잘 드러났다. 포니테일로 묶은 긴 머리와 또렷한 이목구비. 그러나 옆모습만으로 성별 구분은 어려웠다. 옷차림도 마찬가지였다. 마치 시대극이나 판타지 영화 촬영장에서 이탈한 배우처럼, 요즘과 다른 복식을 하고 있었다.

1998년까지 포함한 '요즘' 기준으로. 그렇다고 시대를 가늠하기도 어려웠다.

굳이 멋대로 상상하자면 사막에 어울리는 복장이라고나 할까. 강렬한 햇빛과 모래 먼지로부터 피부를 보호하려는 듯 두툼하지만 빳빳한 옷감이 '그'의 몸을 빈틈없이 감싸고 있었다.

웅크린 자세이긴 해도 몸집이 크고 단단해 보였다. 보리의 짐작으로는 대단한 활동성을 가진 사람 같았다. 품이 넉넉한 긴소매로 감싸인 팔다리라 해도 그런 특성은 숨겨지지 않았다.

"한국 사람일까요?"

침묵을 깨고 율이 물었다. 역시 애매했다. 어떻게 보면 그랬고, 어떻게 보면 아니었다. 생김새만으로 국적을 판단하기는 이미 어려운 시대이지만 말이다.

막연해도 그나마 추측 가능한 건 연령대 정도였는데, 보리보다는 많고 상은보다는 적어 보였다. 그 외엔 무엇도 짐작이 불가했다.

"한국사 책에서 이런 복식은 본 기억이 없는데. 동아시아사에서도. 몽골인가? ……아닌데."

혼잣말로 중얼거리며 율은 '그'의 상체로 조심스레 손을 뻗었다. 어깨를 드러내 숫자를 확인하려는 것 같았다. 이렇게 옆에서 목소리와 인기척을 내는데도 좀처럼 깨지 않으니 좀 더 과감하게 행동하는 것이었다.

보리가 미간을 좁혔다.

"안 그러는 게 좋겠는데."

"왜요."

"이 사람은 좀…… 쉽지 않아 보여."

보리는 느껴지는 대로 솔직히 말했다. 의식을 회복하면 상은처럼 조곤조곤 대화할 수 있을 거라는 예감과는 거리가 멀었기 때문이다. 게다가 어차피 지금 어깨를 열어 본다고 해도 숫자가 있을 뿐 아닌가. 상은과 같은 상황에 처했다면, 아마도 14가. 내일이 되면 13, 그리고 12, 점점 줄어들 숫자가.

도저히 부정하기 어려운 시간 여행자였다. 세 명이 동시에 그의 출현을 목격했다. 보리에겐 이제 상은을 믿지 않을 근거가 없었다.

"음. 봐요."

율은 벌써 숫자를 찾아냈다. 누군가 일부러 정교하게 새겨 놓은 듯한 하얀 음각. 그리고 역시 14였다.

상은과는 위치가 약간 달랐는데, 목과 어깨의 중간 지점이었다. 어깨에 가방을 걸친다면 줄이 지나갈 그 자리. 그래서 그리 많이 노출시키지 않고도 쉽게 발견했다. 더불어 그만큼만 드러난 피부와 근육만 보아도…… 역시 보통 사람은 아니었다. 보리는 저도 모르게 긴장했다.

"일단은 놀라게 하지 않는 게 좋을 것 같아요."

지켜보던 상은도 조심스레 조언했다.

"이건 뭐지?"

그러나 율은 개의치 않았고, '그'의 왼쪽 허벅지 쪽에 달린 딱딱한 주머니에 손을 댔다. 눈대중으로도 많은 물건이 들어가지는 않을 작고 길쭉한 주머니였는데, 그게 작동 버튼이 될 거라곤 율도 몰랐을 것이다.

율의 손이 그 주머니에 닿자마자 마치 제 피부에 주먹으로 직격탄을 맞은 사람처럼 '그'는 눈을 번쩍 뜨고서 자리를 박차며 일어났다. 덜커덩 소리와 함께 넘어진 원형 의자가 분식집 바닥을 뱅글뱅글 돌았다.

소스라치게 놀란 세 사람은 비명 지르는 것도 망각하고 본능적으로 두어 발 뒤로 물러날 뿐이었다. 그 짧은 틈에 '그'는 주머니에서 뽑아낸 단도로 제 앞을 방어하며 보리를 노려보았다. 정면에 위치한 사람이 마침 보리인 까닭이었다.

보리는 '그'와 시선이 단단히 맞물렸다. 사냥감을 앞에 둔 맹수의 눈이었다.

내내 여유롭던 율도 꼼짝없이 얼어붙었다. 똑같이 겁은 먹었으되 상은은 뾰족한 수가 없음을 알면서도 조금씩 율을 향해 걸음을 옮겨갔다. 만약을 위해 율을 보호하려는 것이었다.

"괜찮아요!"

보리가 먼저 소리쳤다. 이 긴장을 부수기 위해 뭐라도 해야 할 것 같았다.

아무런 미동도 없이 '그'는 계속 보리를 노려보았다.

"우리도…… 당신도 괜찮아요. 그러니까. 그건 좀 내려놓으면 안 될까요?"

'괜찮다'라는 의미는 전혀 모르는 인간처럼 '그'는 그 자세 그대로 보리를 집요하게 탐색할 뿐이었다. 역시 우리말은 통하지 않는 걸까, 보리는 생각했다.

"당황스럽고 화가 날 수 있지만, 만약 우리가 다치면…… 당신에게 지금 벌어진 일에 대해서 설명해줄 사람이 없을 거예요."

'그'는 부릅뜨고 있던 눈을 한 번 깜빡였다. 그 말을 이해한 것인지, 너무 오래 눈을 부릅뜬 탓에 일어난 생리 현상인지 구분이 안 됐다.

"그러니까 그거 좀 집어넣고…… 앉아서 얘기하면 안 될까요?"

그가 쥔 단도의 날은 광택도 없이, 여기저기 긁힌 자국에 사용한 흔적이 물씬 났다. 소품용으로 저렇게 리얼하게 구현하려면 노고가 만만치 않을 것이다. 그리고 이건 당연히 영화가 아니었다. 지극히 현실이었다.

보리는 모든 용기를 쥐어짜내 왼발로 오 센티미터쯤 전진했다. 이 장면만은 엔지가 되어서는 안 된다는 집념으로.

"제 이름은 보리예요, 윤보리."

여기서 2월 28일과 탄생화 운운할 수는 없었기에, 보리는 잠자코 반응을 기다렸다.

"율이에요, 홍율."

율이 보리를 거들며 끼어들었다. 고개는 돌리지 않았지만 보리만을 집요하게 향하던 시선이 아주 잠시 율에게 머무는 데는 성공했다.

"보여줄 게 있습니다."

상은은 제 소개는 생략하고 아주 천천히 소매를 걷어올리기 시작했다. 신속하게 칼끝의 방향이 바뀌며 상은을 향했으나 그는 누가 봐도 무방비 상태였다. 힘을 낭비할 필요가 전혀 없는 상대임을 '그'는 벌써 알아차린 듯했다.

이어 상은의 팔에 새겨진 숫자 12가 드러났다. 그러나 '그'는 그 의미를 이해하지는 못하는 듯했다. 아직 제 어깨의 숫자를 자각하기 전이기 때문이었다. 오히려 그런 걸 왜 보여주느냐는 듯 불쾌한 표정으로 변했다.

그러곤 〈미미 분식〉의 바깥으로 바람같이 뛰쳐나가버렸다. 차마 붙잡을 새도 없는 속도였다.

"아마 다시 이곳으로 돌아올 거예요. 저처럼요."

설거지를 마친 후 상은이 말했다. 바깥에서는 통증 때문에라도 숫자를 모르고 지나칠 수는 없을 터였다. 더구나 아까 같은 처지의 상은을 보았으니까, 궁금함을 못 이겨서라도 다시 돌아올 수밖에 없을 것이었다.

"근데 이런 가능성은요?"

율이 마트에서 투 플러스 원 행사로 집어 왔던 바닐라푸딩을 입에 떠 넣으며 의문을 제기했다.

보리도 푸딩은 꺼내두었으나 좀처럼 먹을 마음이 들지 않았다. 감탄했던 봉골레의 풍미도 '그'의 등장과 함께 벌써 다 잊혀버린 것만 같았다.

"주방장님은 대체 왜 2019년으로 미끄러져 온 건지 모르겠다고 했잖아요?"

"네, 아무리 생각해도 모르겠습니다."

"그 사람도 그럴까요?"

"무슨 말이야?"

보리가 끼어들었다.

"존재감 자체가 우리 같은 사람이랑 다르잖아요. 주방장님처럼 미끄러진 게 아니라, 목적지를 알고 찾아왔을 가능성. 예를 들면 먼 미래에서 어떤 임무를 수행하기 위해서라든지, 뭐 그런 거."

손을 닦으며 상은이 맞은편에 앉았다.

"그럼, 이 시간 여행의 규칙을 알고 있을 수도 있다, 그런 겁니까?"

"어쩌면 말이에요, 어쩌면."

보리는 가슴 앞으로 팔짱을 꼈다. 일리는 있으나 무엇도 그렇다고 단언할 수는 없었다.

"주방장님."

보리가 부르자 상은이 시선을 마주했다.

"여기 계시는 게 어때요? 떠나지 마시고요."

"엇, 진짜로?"

그 제안에 가장 놀란 사람은 율이었다. 물론 상은은 멋쩍어하며 머뭇거렸다.

"감사하지만…… 가장 어른이 되어서 젊은 분들 시간 방해하고 신세 지는 것도 모자라 심려까지 끼치는 건 바라지 않습니다. 이 문제의 답은 제가 스스로 찾아야 하고요."

"그 답을 여기서 찾아야 할 거 같아요."

"예?"

시나리오를 쓸 때 보통 시작은 순조롭지만, 어느 시점에 이르면 속도가 나지 않고 제자리만 맴도는 듯이 막막해질 때가 있었다. 처음에 분명 결말을 정해두었다 해도 소용없는 경우가 다반사다.

머릿속으로만 존재하던 주인공의 말과 행동이 백지 위에 글자로 옮겨지면 캐릭터는 더욱 구체적이고 선명해지는데, 그러면 작가가 미리 정해놓은 운명 따위는 그 인물에게 좀체 어울리지 않게 되어버리는 경우가 왕왕 있다. 주인공을 가장 잘 안다고 자부하는 작가이지만 캐릭터가 멋대로 살아 움직이는 바람에 길을 잃는 것이다.

그러니까 지금 〈미미 분식〉에서 벌어지는 일들이 한 편의 이야기라면? 보리는 이런 방식으로 시간 여행에 접근하는 중이었다.

이 문제를 해결하고자 억지로 매듭을 만들거나, 완전히 터무니없는 길로 들어서서는 안 된다. 지금까지 시간 여행자가 걸어온 길을 다시 침착하게 살피고, 바깥이 아닌 내부에서 답을 찾아야 한다. 당장은 시나리오가 막힐 때처럼 앞이 잘 안 보이지만, 누구도 대신 그 소용돌이에서 꺼내줄 수 없다. 안개 속을 더듬더라도 제 안에서 답을 발견해야 한다.

답은 항상 내부에 있다.

그러니까 그 답도 〈미미 분식〉 안에 있지 않을까.

10. 카푸치노

"기분 탓이었으려나. 은표인 것 같은 느낌은."

태오가 김밥을 우물거리며 자문했다.

보리는 대꾸하지 않았다. 그랬으면 어떻고, 아니었으면 또 어떨까. 결론은 지금 여기에 은표는 없고, 전화는 변함없이 꺼져 있다는 사실이었다.

그게 뭐든지 간절히 기다릴수록 오히려 오지 않는 게 세상의 이치라는, 그러니 그냥 잊은 듯 사는 게 진짜 똑똑한 거라는 엄마의 어록이 떠오르는 순간이었다. 하여간 엄마가 한 말은 잘 잊히지도 않는다.

오늘 아침 태오는 카페에서 은표의 얼굴을 얼핏 본 것 같다며 전화를 걸어왔다. 그 카페는 오피스가의 좋은 자리에 위치해 있어서 아침 일곱시부터 아홉시까지 정신없이 붐비는데, 그때 인파 속에서 언뜻 보았다는 것이었다.

직원 기숙사가 있는 지방 병원 두 군데에 지원서를 접수하고 새벽에 잠들었던 보리는 잠결에 전화를 받자마자, 다짜고짜 너 혹시 은표랑 연락됐냐는 질문을 받고서 무슨 일이라도 터진 줄 알고 심장이 철렁 내려앉았다. 큰돈을 갖고 달아난 사람의 결말은, 아무래도 좋은 쪽으로 상상하기는 힘든 법이니까.

아침부터 괜히 놀라게 해 미안하다며 태오는 오전 근무를 마치고 〈미미 분식〉에 찾아왔다. 문을 열고 들어오자마자 김밥을 말던 상은과 눈이 마주치곤 화들짝 놀랐으나, '서울에 취업 면접 오신 저희 작은아버지예요'라는 율의 소개에 잠시 촌수를 헤아려보는 듯하다가, 그에게 공손하게 허리를 숙여 인사를 했다. 율의 '먼 친척' 거짓말은 보리도 눈감기로 했다. 태오에게 시간 여행 운운할 처지는 아니었다.

오늘 점심은 견과류를 잘게 다져 넣은 잔멸치볶음과 깻잎, 곱게 채 쳐 마요네즈에 버무린 양배추를 속으로 넣고 정성껏 만 김밥과 맑은 어묵 국물이었다.

스페셜 김밥, 사천오백원.

메뉴판에 스페셜에 해당하는 재료까지 나와 있지는 않아서 상은은 〈미미 분식〉 사장님의 손녀라는 율의 증언을 레시피로 채택했다. 본인이 먹고 싶은 걸 말했을 뿐일 거라고 보리는 짐작했지만, 그대로 하면 정말 맛있을 것 같기는 했다.

덕분에 보리는 상은에 관한 사실 하나를 더 알게 되었는데, 주 전공은 이탈리안이지만 한식 조리사 자격증도 있다고 했다. 삼수 끝에 취득했다는 상은의 고백에 보리는 조심스레 율의 표정을 살폈다. 율은 담담함과 무신경함이 반반 섞인 투로 "뭐든 삼세판인가. 투 플러스 원도 아니고……"라고 중얼댈 뿐이었다.

미안해서 들렀다더니, 태오는 실컷 점심을 즐기러 온 모양새였다. 김밥은 세 줄이나 먹었고, 어묵 국물도 네 번 리필했다. 작은아버님, 작은아버님 하면서 맛이 기가 막힌다고, 어디로 취업하게 되실지 몰라도 단골 하겠다며 태오는 큰 목소리로 몇 번이고 상은의 솜씨를 치켜세웠다.

이상한 순간이었다. 네 사람이 우연히 모여 그저 점심을 함께 먹고 있는 것뿐인데, 보리는 왜인지 다 같이 작업하던 현장 특유의 왁자지껄함과 열기를 떠올렸다. 그러자 그 분위기가 새삼 그리워져서, 조금 울적해지고 말았다.

12월 17일. 원래대로라면 이보다 더 많은 인원이 부지런히 부대끼며 〈칠 년 후의 저녁 식사〉 촬영에 여념이 없었을 것이다. '슛 들어갑니다!' 외침과 함께 일순간 쥐죽은듯 한 침묵이 찾아오는 현장의 마법을 보리는 정말 좋아했다. 엔지에 아쉬워하고 오케이에는 가슴을 쓸어내리는, 롤러코스터에 탄 듯한 기분도.

"이거라도 두고 갈게."

식사를 다 마치고 태오는 가방에서 큼직한 보온병을 꺼내 건넸다.

"에스프레소 원액. 여기는 카페 찾아 나가기도 번거로우니까. 열 잔은 나올 거야."

뜨거운 물을 더해 아메리카노라도 만들어 마시라는 카페 노동자의 선심이었다. 원래 본인이 가져가려고 따로 챙겨둔 것일 텐데, 보리는 정말 양보할 거냐는 듯 태오를 보았다.

"사실 이따 동아리 애들 카페라테 만들어줄까 했는데. 우린 매주 만나니까, 뭐."

태오는 일주일에 한 번 자신이 졸업한 고등학교 영화 제작 동아리의 고문으로 자원봉사하며 촬영 수업을 진행하고 있었다. 오늘이 그날이었다.

요즘은 겨울 방학에 촬영 예정인 단편영화의 스토리보드 짜는 작업을 돕고 있다고 했다. 청소년들의 상상력이 굉장하다며, 태오는 오히려 자기가 배우는 일이라고 했다.

보리는 새삼 놀라웠다. 러닝타임이 길든 짧든, 직업으로든 그저 좋아서 하는 취미로든, 예산이 크든 작든, 더운 계절이든 추운 계절이든, 신기하게도 영화는 그 탄생 이래 언제 어디서든 누군가에 의해 계속 만들어지고 있었다.

태오는 문을 나서기 전까지 정말 작업 재개 안 할 거냐고 재차 물었으나 보리는 고개를 저었다. 떠밀려 쫓기는 마음으로 영화를 만들고 싶지는 않았다.

보리와 함께 설거지를 하며 율이 물었다.

"언니는 그 횡령자가 회심하고 돌아올 거라고 기대해요?"

"모르겠어, 나도."

보리는 솔직히 말했다. 당연히 은표가 돌아오는 게 낫겠지만, 나타난다 해도 사실 어떻게 맞이해야 할지, 그 순간을 대면하는 제 표정이나 반응은 상상이 잘 안 됐다. 마치 쓰다 턱 막혀버린 시나리오의 한 장면같이. 은표가 돌아오면 보리는 과연 화를 낼까, 아니면 허탈하게 웃으며 일단 받아주게 될까. 무엇이든 그럴듯하게 어울리지는 않았다.

이왕 어울리지 않는 김에 보리는 상상의 저편까지 과감히 뻗어 나가보았다.

"근데 오늘은 이런 생각도 들더라. 어쩌면 은표 얘도, 지금 시간을 미끄러진 게 아닐까. 내 영화 망쳐놓고 도망친 게 아니라, 그냥 사고를 당한 건 아닐까. 뭐, 그런 생각."

그릇을 닦던 손을 멈추고 율이 보리를 보았다. '너무 나간 전개'라는 표정이었다.

"그렇게 노골적으로 한심하게 보진 마라. 행복 회로 돌리는 나도 힘들거든?"

"알면 됐어요."

"하지만 없는 확률은 아니잖아. 여기만 해도 벌써 둘이고."

"그럴 수도 있지만, 그 정도로 흔한 것도 아닐 거예요."

상은도, 어제 〈미미 분식〉에 도착한 '그'도 엄연히 현존한다. 그렇다면 어쩌면 저쪽 시간대에는 사라진 그들을 이렇게 기다리고 있는 누군가도 있을 것이다.

아무튼 돌아오기를 기다리고 있으나 나타나지 않는 건 은표만이 아니었다. 새로운 시간 여행자에게도 아직 소식이 없었다. 특히 걱정이 이만저만이 아닌 건, 참을성이 적어 보이는 '그'가 무기를 소지하고 있다는 점이었다.

보리에게 저도 모르게 긴 한숨이 뽑아져 나왔다.

"향이 아주 좋아요."

그 근심을 중간에 뚝 자르기라도 하듯, 부드러운 목소리가 끼어들었다. 상은이 보온병을 열어 에스프레소의 향을 음미하는 중이었다.

"오늘은 이 커피로 디저트 할까요?"

"설마 바리스타 자격증도 있어요, 주방장님?"

"그건 아니에요. 하하."

율의 질문에 상은은 손사래 쳤다. 그래도 호텔에서 어깨너머로 배운 건 있다며, 어떻게 마시고 싶은지 알려주면 냉장고에 우유도 있으니 최대한 흉내를 내보겠다고 겸손히 말했다.

보리는 병원에서 일할 때 물처럼 마시던 따뜻한 아메리카노로 정할 참이었다. 추운 날의 식후에 가장 무난했다. 뜨거운 물만 섞으면 되니까 상은의 수고를 거칠 필요도 없었다.

"어."

보리가 전기 포트에 물을 끓이려 고무장갑을 벗고 고개를 들었을 때, 출입문 바깥으로 그림자가 어른거렸다. 반투명 시트지가 발린 문이라 그 너머에 뭐가 있든 일단은 회색의 그림자였다.

역시 간절히 기다리는 건 오지 않는 것일까, 인영은 아니었다. 작은 것들이 위에서 아래로 떨어지며 흩어지는 모양새였다.

"왜요?"

율도 고무장갑을 벗었다. 섣부른 대답은 생략하고서 보리는 출입문을 열었다. 한 꺼풀 벗겨내자 바깥은 온통 백색이었다. 함박눈이 쏟아지는 중이었다.

"첫눈이다."

보리가 입김을 내며 가만히 그 이름을 불렀다.

그 말에 율과 상은도 성큼 곁으로 와서 턱을 들어 하늘을 보았다. 매해 겨울 경험해도 백색의 압도감은 늘 새로웠다. 차가운 공기가 힘껏 밀려드는 중에도 셋은 눈을 바라보며 한참을 서 있었다.

고요함을 흩뜨리며, 상은이 나지막이 말했다.

"올해 눈을 볼 수 있을 거라고는 기대 안 했는데 말이에요."

그 '올해'가 1998년인지, 2019년인지 알 수 없었다. 보리는 이 운치를 깨고 싶지 않아서 잠자코 있었다.

"이런 날엔 당연히 카푸치노지만, 〈미미 분식〉에서 그런 거품을 낼 재간은 없으니 저는 카페라테로 할래요."

상은의 말을 듣자 보리는 평소 그리 즐기지도 않던 카푸치노로 마음이 확 기울어져버렸다. 간절히 원해도 거품을 못 낼 하필 지금 같은 때.

"아…… 갑자기 카푸치노 먹고 싶어졌어요."

아쉬움에 메뉴 이름을 허공에 한 번 불러보면서도 보리는 내심 체념하는 중이었다. 이 충동적인 마음은 모두 이 겨울과, 첫눈과, 시간 여행자 때문이겠지.

그런데 가장 먼저 문 앞을 떠난 율이 싱크대 하부 장을 뒤적뒤적하더니 작은 스테인리스 주전자처럼 생긴 것을 꺼냈

다. 자세히 보니 손으로 펌프질해서 거품을 만들어내는 밀크
포머였다.

"여러분은 행운입니다. 하필 제가 이 집 손녀라서."

그러나 마땅한 머그잔이 분식집엔 존재하지 않았다. 대안
은 어묵 국물용 공기였다. 에스프레소에 끓인 우유, 풍성한
우유 거품까지 올리자 쑥색의 플라스틱 공기도 나름대로 그
럴듯해 보였다. 세 잔을 모아놓으니 의도한 콘셉트라고 해도
될 것 같았다.

카푸치노를 반쯤 비웠을 때 보리의 휴대폰이 가볍게 진동
했다. 확인하니 모 종합병원의 일차 서류 합격 안내 문자였
다. 보리는 액정을 오래 쳐다보았다. 최근 지원한 곳들 중에
서 최초로 응답을 준 곳이었다.

"왜요. 횡령자예요?"

오래 말이 없자 율이 물었다. 상은의 눈에는 벌써 걱정이
그득했다.

"아니, 면접 보러 오래. 부산에 있는 종합병원."

"와, 잘됐네요!"

상은이 바로 축하를 전했다.

"그러게요. 솔직히 제일 기대 안 한 곳인데요."

역시 기대란 희망 고문의 다른 말일까, 가급적 잊어버리고 사는 편이 나중에 찾아올 기쁨의 부피를 늘리는 비법인 걸까. 하지만 아무것도 기대하지 않는 인생이란 게 가능할까. 영화에서는 주인공에게 바라는 마음이 없다면 이야기가 앞으로 나아가기 정말 힘든데.

"저녁에는 축하 파티라도 할까요?"

실업 상태의 고충을 가장 뼈저리게 알 상은은 정말로 제 일처럼 기뻐해주었다. 보리는 좀 부끄러울 지경이었다.

"겨우 일차라고요 일차. 그 뒤로도 두 번의 면접이 더 남았어요."

"그래도요. 좋은 일은 축하해야 다시 좋은 일로 이어진다고요."

"글쎄요. 너무 기대했다가 실망하면 그 뒷감당이 더 슬프지 않아요?"

"그럼 아무것도 못해요, 감독님."

쾅!

축하 논쟁도 잠시였다. 인영이 아닐 수 없는 회색빛이 요란한 소리와 함께 출입문을 들이받고선 아래로 스르르 사라졌다. 율이 먼저 튀어 나가 출입문을 열었다.

"왔다!"

쓰러진 '그'의 등 위로 카푸치노 거품 같은 눈이 소복이 쌓이고 있었다.

11. 우리의 교집합

"…… 무슨 일을 꾸민 거지?"

앞에 놓인 흰죽에서 올라오는 김을 온 힘을 다해 노려보며 '그'가 물었다.

무엇도 꾸민 것이 없는 보리는 대답하기가 난감했다. 이내 '그'는 몸살 기운에 잔뜩 오른 열을 견디지 못하고 제풀에 다시 이부자리에 쓰러졌다. 지난 하루 사이 바깥에서 지독한 감기에 걸린 것이다. 그럴 만한 날씨였다.

셋이 힘을 합쳐 어제 오후 문 앞에 쓰러진 '그'를 이층으로 옮기고 방에 누였다. 눈에 푹 젖어 엉망이 된 옷을 여분의 제 것으로 갈아입히며 보리는 '그'에겐 특정 가능한 성별이 없다는 사실을 알게 되었다. 다행히 단도는 주머니에 얌전히 들어 있었는데, '그'가 의식을 잃은 사이에 안전한 곳으로 치워두었다. 이런 상태로 누굴 공격하기도 힘들 걸 알았지만 노파심이었다.

"이걸 먹어야 약도 먹을 수 있어요. 그래야 열도 내려가고 요."

보리는 일단 달래는 전략으로 '그'를 진정시키려 했다. 어떤 환경에서 왔는지 알 수 없으니, 상우이 탈 날 우려가 적은 흰쌀을 곱게 갈아 정성껏 끓인 죽이었다.

"허풍 떨지 마라."

식후에 약을 먹고, 약을 먹으면 대체로 상태가 호전되는 건 틀림없는 사실인데, 어느 지점에 허풍의 여지가 있는지 보리로서는 알 수 없었다. 웅크려 누운 채 오한에 떨며 신음에 가까운 목소리를 내면서도 고집스레 버티는 '그'가 이제 안쓰러울 정도였다. 막 나타났을 때와는 완전히 다른 몰골이었다.

"그러지 말고요. 이분 요리 안 먹으면 죽어서도 후회할 거예요."

이번엔 대꾸도 없다. 보리는 의욕이 점점 꺾였다.

"제가 좀 이야기해도 될까요."

익숙한 목소리에 돌아보자 상우이 방문을 열고 양해를 구하는 중이었다. 율도 함께였다. 둘 다 계속 거기에 있었는데 '그'와 옥신각신하느라 미처 몰랐던 것이다.

보리의 옆으로 다가와 '그'와는 살짝 거리를 두고 앉은 상은이 제 팔의 숫자를 드러내 보였다. 10이었다.

"기억하실까요?"

'그'는 가늘게 뜬 눈으로 상은을 응시할 뿐, 대꾸는 없었다.

"저도 선생님과 같이 14에서 출발했으니, 벌써…… 오 일째입니다. 이 집에서요."

상은은 반응을 개의치 않고 이야기를 이어갔다.

"저는 1998년에서 왔습니다. 여기보다는 이십 년 정도 과거예요. 올 때 정말 온 정신이 아득했어요. 무슨 멀미가 세상 그렇게 지독한지. 생긴 건 이래 보여도 제가 태어난 이래로 뭘 타든 멀미 같은 건 안 해봤거든요. 그런데 이건, 와……"

그 순간이 떠오르는지 상은은 미간에 힘을 주었다. 눈 아래 보조개는 웃을 때도 그랬지만 찡그릴 때도 똑같이 선명하게 팼다.

"이 멀미만 제발 사라져주면 앞으로 어떻게 되든 상관없다고 맹세할 정도였으니, 뭐, 죽어버리겠다는 결심 같은 건 당연히 까맣게 잊었죠."

상은이 그 말을 마쳤을 때 '그'는 눈을 한 번 길게 깜빡일 뿐이었다. 그러나 보리는 반대였다. 눈을 동그랗게 뜨고 상은의 옆모습을 바라보았다.

"나 같은 걸 뽑아준 회사가 참 고마웠어요. 그래서 자진해서 휴일도 연차도 반납하면서 일했는데…… 그야말로 충성했던 데여서 그랬는지 배신감도 크더라고요. 거짓말만 믿고서 기약도 없이 기다리는 것도 지쳤고요. 여기로 오기 전 제가 마지막으로 있던 데는 회사 옥상이었습니다. 호텔이라 건물도 높으니 실패할 확률은 없을 것 같았거든요. 내심 복수하고 싶은 마음도 있었고요. 내가 죽은 걸 눈앞에서 보고 나면 하다못해 죄책감이라도 가져주지 않을까, 그런 심정이었던 것 같습니다."

따뜻하고 맛있는 요리를 내어주는, 상냥하고 정중한 사람에게 듣는 이런 고백은 그만큼 더 차고 아렸다.

"사족이 길었네요. 아무튼 그건 제 사정이고. 죽으려고 했던 이야기로 돌아오자면 옥상에 올라가서 난간에 발을 디딘 것까지는 기억이 납니다. 그후로 멀미가 지독하게 났어요. 그런데 참…… 대단한 확률로 실패한 거죠. 하하. 저승에 비하면 그래도 가깝겠지만 이만큼 먼 곳으로 오게 될 줄이야."

보리는 뒤늦게 상은의 말을 이해했다.

'올해 눈을 볼 수 있을 거라고는 기대 안 했는데 말이에요.'

9월 27일이었다고 했다. 상은이 기억하는 1998년의 마지막날은. 아직 눈이 내리기에는 그저 이르기만 한 계절, 상은은 그해의 눈을 기다리지 않을 거라고 전 직장의 옥상에서 마음을 굳힌 것이다. 자신을 세상에서 지워내는 방법을 선택함으로써.

"그래서 제 요지는, 이 집으로 오시기 전 선생님에겐 어떤 일이 있었는지 나중에 마음이 내키시면 좀 들려주시면 좋겠습니다. 오늘이 아니어도 좋으니까요. 이 숫자가 다 사라지기 전까지만요. 제멋대로 송구한 부탁인 것은 알지만, 그럼 저도 다시 돌아갈 단서를 좀 얻을 수 있지 않을까 해서…… 그게 아니어도 동병상련이라는 것도 있고요. 그래서 돌아와주시기를 애타게 기다리고 있었습니다."

"어째서."

상은의 긴 고백을 들은 '그'가 드디어 입을 열었다. 힘겹게 뽑아내는 목소리였다.

"……어째서 돌아가겠다는 거지. 어차피 버리려던 목숨."

율도 상은에게 같은 질문을 했었다. 1998년으로 돌아가봐야, 문제는 아무것도 해결되지 않은 상태이니 똑같은 지옥 아니냐고.

상은은 엷은 미소만 머금을 뿐 대답은 하지 않았다.

"혹시라도 아직 속이 불편해 식사가 당장 힘들면 물만이라도 조금씩 드십시오. 죽은 나중에 다시 데워 올리겠습니다."

상은은 자리에서 일어나기 전 한 차례 끓여 식힌 물을 '그'의 머리맡에 놓아주었다. 그때 '그'가 물었다.

"정말로 있는가."

"뭐가…… 말씀입니까."

"정말로 약이 있는가. 너희들은."

'그'가 언급한 허풍은 바로 약에 관한 것이었다. 그의 시대에서 약은 누구나 상시 쉽게 손에 넣을 수 있는 그런 것이 아니었다.

차이는 물론 그뿐만이 아니었다.

2019년 기준, 현재의 제한된 지식으로 즉시 이해할 수 있는 그에 관한 정보는 '이름'이라는 개념 하나였다. 그의 이름은 쿠리. 정확하게는 '크리'와 '쿠리'의 중간 정도 되는 발음이었으나, 그는 셋에게 그 이름을 쓸 권리는 없으니 자신을 '회색사'라고 부르라고 했다. 어떤 직업을 나타내는 단어 같았지만 그게 무엇인지 당장은 설명하지 않았다.

쿠리가 온 시간대에서는 한글이라는 문자를 사용하지 않는다고 했다. 우리말도 쿠리가 아는 여러 개의 언어 중 하나일 뿐이라고 했다. 문자의 수명이 다하고, 언어의 지위도 달라졌다니. 얼마나 까마득한 미래일까 보리는 짐작도 되지 않았다.

그가 왔다는 '431317'이라는 연도에 해당하는 지표도, 지금과의 간극을 정확히 헤아리기에는 도움이 안 됐다. '4반세'라고 하는 연령 지표도 마찬가지였다.

같은 셈법을 가진 숫자는 각자의 어깨에서 줄어드는 그것만이 유일했다. 12월 18일, 쿠리의 도착 삼 일째인 오늘은 12가 되어 있었다.

"돌아가는 방법도, 이런 일이 생긴 까닭도 모른다."

흰죽과 감기약 덕분에 오한이 좀 줄어들었는지, 쿠리는 이제 떨리지 않는 목소리로 결론부터 말했다. 다행히 음식도 약도, 쿠리의 생체 리듬에 반하지는 않는 모양이었다.

그러나 아무것도 모른다는 쿠리의 단언만은 조금도 다행이 아니었다.

"마지막 기억은 어땠는데요, 회색사님? 그러니까, 멀미로 고생하기 전에."

율은 쿠리가 시간 여행의 규칙을 알고 있을지도 모른다는 가설은 접어두고, 일단 시간 여행자 두 사람에게서 교집합을 찾는 것으로 방향을 튼 모양이었다.

"그런 건 없었다."

"뭐가요. 멀미 아니면 기억?"

"전부."

"정말요?"

율이 취조하듯 물었다. 쿠리는 대답할 가치조차 없다는 얼굴로 율을 볼 뿐이었는데, 율은 인정하고 싶지 않은 기색이었다. 마치 멀미 정도는 당연히 있어야 한다는 듯이.

쿠리의 심사를 뒤틀리게 해서는 좋을 게 없을 텐데. 곁에 있는 보리가 괜히 조마조마했다. 율이 다시 물었다.

"잘 생각해봐요. 뭘 하려다 시간을 거스른 거예요?"

"모르겠다고 말했다."

"흐음."

또 나왔다. 호응도 의심도 아닌 묘한 뉘앙스의 '흐음'. 마치 그 답을 알고 있으면서도 타인을 시험하기 위해 굳이 물어보는 사람처럼.

"거짓말하지 말아요."

"율이 씨."

이번엔 상은이 제지했으나 율은 듣지 않았다.

"이름도 정확히 기억하고 시대도 직업도, 거기에 뭐가 있었는지 없었는지 다 기억하는데 그 순간만 아니라고요?"

"그래."

"기억을 못하는 걸까요. 말하고 싶지 않은 걸까요."

율이 빈정거렸다. 쿠리는 이 애가 무슨 말을 더 하나 보자는 표정이었을 뿐 이에 반응하지 않았다. 쿠리의 눈은 미동도 없었다.

"주방장님도 그동안 말하지 않았을 뿐이지, 매일 생각하고 또 생각했을 거예요. 그 마지막에 대해서. 그런 걸 어떻게 잊겠어요? 그 고통을."

"그렇지만…… 사람마다 상황은 다 다르니까요. 예기치 않은 사고를 당하면 기억도 함께 희미해지는 경우가 있잖아요."

상은이 대신 대답했으나 율은 즉시 반박했다.

"이것만은 절대 그렇지 않을 거예요!"

"그래?"

가만 듣던 쿠리가 다시 목소리를 냈다. 이제 네 말을 곧이 곧대로 다 들어주기에는 상당히 피로하며 지쳤다는 표정도 숨기지 않았다.

"그런데 너는 시간을 거슬러 온 자도 아니면서, 내 기억을 확인하지 못하는 게 왜 그리 못마땅한 거지? 네가 이 사람의 대리인이라도 되나?"

상은을 곁눈질로 한 번 가리키며 쿠리가 물었다. 그 질문을, 율은 다시 질문으로 받았다.

"죽으려고 했나요, 회색사님?"

"……뭐?"

이번엔 쿠리의 눈동자가 요동쳤다.

"목숨을 포기하던 그때 시간을 이탈한 게 아니냐고 묻는 거 예요."

어색한 침묵 속에서 시간만 흘러갔다.

율의 말이 사실이라면 분명 어떤 공통점에는 해당하겠지 만, 그렇다 해도 그건 쿠리의 내밀한 사정이었다. 보리는 율 이 어째서 이렇게까지 물고 늘어지는지 궁금해졌다.

세상 다 산 듯 남 일엔 그저 심드렁하던 애의 내부에 어떤 책임감과 사명감이 발동했기에 이다지도 퍼즐을 맞추고 싶 어하는 걸까. 쿠리의 말마따나 상은의 대리인도 아니면서.

"글쎄, 정말로 모르겠다면?"

"이걸 보고 다시 한번 잘 생각해봐요, 회색사 쿠리."

율은 제 왼쪽 양말을 벗어던졌다. 사철 내내 발이 차서 겨울 엔 잘 때도 양말이 필수라며 율은 함께 지내는 동안 맨발을 보 여준 일이 한 번도 없었다.

"율이 너……"

율의 맨발을 본 보리는 기함했다.

발등에는 음각된 숫자가 있었다. 8이었다.

12. 시간의 통증

율은 빙글빙글 돌아가는 세탁조만 말없이 바라보고만 있었다.

남은 시간은 앞으로 삼십오 분. 그걸로 끝이 아니다. 세탁과 탈수가 끝나면 건조기로 빨래를 옮기고 사십오 분을 다시 기다려야 한다. 코인 세탁소에서는 누구에게나 건너뛸 수 없는 시간이 생긴다.

보리는 노트북을 챙겨와 내일 지원이 마감되는 병원의 입사 지원서를 고치는 중이었다. 세탁소에는 대기하는 손님을 위해 작은 테이블이 마련되어 있었다. 서류에 집중하다보면 시간은 어느덧 훅 지나가 있었는데, 그때마다 언뜻 살핀 율의 표정은 뚱하게 굳어 있었다.

율과 상은은 세탁기 맞은편 벤치에 앉아 시간을 죽이는 중이었다. 눈이 펑펑 내리는 평일 낮. 코인 세탁소에는 세 사람

뿐이었다.

"발 안 아파요?"

실내에 비치된 세탁물 관리법 책자를 가만가만 넘기고만 있던 상은이 율에게 물었다.

지금은 〈미미 분식〉의 바깥이다. 이따금 율이 손으로 발등을 쓸어내리는 모습이 보리에게도 잘 보였다. 가볍다고 해도 완전히 무시할 수 있는 통증은 아닐 것이다.

"참을 만해요. 저는 근거리 여행자라."

"음, 그것도 신기해요. 각자 통증이 다 다르다니요."

상은도 제 팔을 한 번 주물렀다.

보리는 눈으로는 노트북을 보며 몇 걸음 떨어진 자리의 소리를 가만히 들었다. 여행자들의 대화다. 끼어들지는 않기로 했다.

"주방장님이야말로 괜찮은 거예요? 나이도 있으신데."

"십사 일 한정 화상이라고 자기 세뇌 중이에요. 실습 때 자주 겪어서 그러려니 할 수 있어요."

"주방장님은 그 대책 없는 낙관이 좀 문제 같아요."

"그런 말 자주 듣습니다. 하하."

그러나 1998년에는 그 낙관조차 통하지 않았다. 보리와 같은 생각에 이르게 된 것인지, 율은 그만 입을 다물었다.

시간 여행자 홍율의 고향은 2017년 10월 11일, 현재로부터 약 이 년 전의 과거였다. 율은 이 년 후의 미래로 왔다. 그리고 세 명의 시간 여행자 중 가장 먼저 〈미미 분식〉에 도착했다. 며칠 전 보리가 율에게 품었던 의혹은 타당했던 것이다.

거리와 통증은 비례한다. 이러한 통증의 차이는, 밀린 빨래를 가지고 코인 세탁소에 오기 전 율이 모두에게 과거를 밝히면서 발견된 특징이었다. 현재를 기준으로 시간 여행자의 고향이 더 멀리 떨어져 있을수록 통증은 커졌다.

율에겐 벌레에게 물려 따끔따끔한 정도였지만 상은은 그보다 강도가 셌다. 쿠리에게 바깥에서의 통증은 맨정신으로 견딜 만한 게 아니었다. 겨울 날씨도 한몫 거들었지만, 그렇게 단련된 몸의 소유자인 그가 단 하루 만에 약골이 되어버린 이유는 다른 데 있지 않았다. 쿠리는 지금 탑에 갇힌 공주나 다름없었다.

"아간 율이 씨가 조금 지나쳤어요. 회색사님한테."

이제까지 손윗사람임을 조금도 내색한 적 없던 상은이 나긋하게 말을 꺼냈다. 율도 빠르게 인정했다.

"알아요. 근데 싫잖아요. 무기까지 휘두르는 정체불명의 인간 받아주고 돌봐주고 상황 설명 다 해줬는데. 절을 해도 모자랄 판에 태도는 그게 뭔지."

율의 화풀이가 애꿎은 상은에게 돌아오고 만다.

"뻔뻔한 얼굴로 거짓말까지 태연하게 하는 게 싫었어요."

"음."

"자기도 결국 자살하려다 실패한 약해빠진 인간이면서, 왜 고귀한 척이야."

"율이 씨."

"죄송해요."

다시 세탁조 돌아가는 소리만 실내에 가득찼다. 호흡을 조금 고른 후, 상은이 다시 입을 열었다.

"명예를 지키고 싶었을 거예요. 얼핏 봐도 신분이 높은 사람인데."

쿠리의 '회색사'라는 지위는, 그의 설명으로는 소규모 지역을 통치하는 영주와 유사한 개념 같았다.

"처음 본 사람들에게 솔직히 말하기는 어려웠겠죠."

"그래도 부끄러운 줄은 아는 건가……"

"율이 씨도 힘들었겠어요. 그간 말도 못하고."

"못한 게 아니라 안 한 거죠."

율이 입을 삐죽였다.

"물론 처음엔 이런 일 따위 믿어줄 사람 없을 거 같아서 안 한 거지만."

그러나 상은이 나타난 이후에는 다른 방향으로 심경이 복잡해졌는데, 스스로도 그 이유를 분명히 설명할 수 없었다고 했다. 그런데 쿠리가 나타나자 그 복잡함의 윤곽이 서서히 드러났다.

율 역시 쿠리와 이유가 다르지 않았기 때문이다. 삶으로부터 도망치려고 했던 사실을 있는 그대로 밝히고 싶지 않았던 것이다. 마치 나약한 패배자가 된 것 같은 기분이라고 했다.

"그랬군요."

상은이 가만히 공감해주자 율은 잠깐 입을 닫고 있다가는 자신이 도착하던 날을 회상했다.

"자살에 실패해서 시간을 미끄러진 건지, 그 반대인지는 모르겠지만요. 아무튼 도착한 데가 할머니 옛날 가게인 건 좀 어이가 없었어요. 죽으려고 했는데 죽지도 못하고 알 수 없는 힘에 떠밀려 온 데가 하필 〈미미 분식〉이라뇨. 솔직히 할머니가 손뗀 다음엔 온 적도 없는데."

할머니는 건강이 나빠져 율이 중학교에 다닐 때까지만 〈미미 분식〉을 운영했고, 그 후로 가게는 다른 사람이 인수했다고 했다.

율과 율의 아빠, 할머니 세 사람은 작은 빌라에서 함께 살았단다. 할머니는 가게를 그만두고 나서 이 년 후 돌아가셨는데,

솔직히 밝히자면 율이 도착한 12일도 정확한 할머니의 기일은 아니라고 했다. 원래는 12월 1일. 얼마 차이도 안 나고 마침 꽃도 있어서 적당히 둘러댄 거라고 율은 이제야 털어놓았다.

"처음엔 저승식 농담인가 했어요. 먼길 가기 전에 라면이라도 한 봉지 끓여 먹고 가라는 건가. 아니, 숫자를 보니까 주어진 시간은 십사 일 같은데, 그럼 열네 봉지?"

라면 이야기에 상은이 작게 웃었다. 하지만 줄어드는 숫자를 가진 같은 처지라서 가능한 웃음이었다. 숫자가 없는, 그리고 그 라면을 함께 나누어 먹었던 보리는 웃을 수 없었다.

"이해가 안 됐어요. 이 숫자가 대체 뭔지. 뭘 하라는 건지. 한 번의 기회를 더 허락하니 다시 생각하라는 건가. 무슨 '사주 후에 뵙겠습니다'도 아니고."

율은 오래 쌓아두었던 속내를 이어나갔다.

"다시 생각할 게 뭐 있어요. 수천만 번도 더 생각하고 내린 결정인데. 그냥 나들이 가듯이 양화대교에 간 게 아니라고요. 주방장님은 아니었어요? 괜히 약정도 안 끝난 폰 강에 내던진 게 아니고, 괜히 길에서 꽃 파는 노점상에게 있는 돈 다 털어준 것도 아니었다고요. 정말로 끝낼 결심이었으니까."

이야기는 이제 율의 죽음의 순간에 가까이 다가와 있었다. 보리는 자기도 모르게 침을 삼키고 말았다.

아까 전 세 번째 시간 여행자가 스스로 목숨을 버림으로써 적에게 침략당한 자신의 지하 도시와 그 시민들을 포기하려던 찰나에 대해 말하던 순간에도, 율은 제 사연은 말하지 않았었다. 이제야 이야기할 마음이 생긴 모양이었다.

"우리 모두 자살의 순간에 미끄러진 거네요."

상은이 담담히 정리하며 율에게 물었다.

"그런데 율이 씨는 안도감 같은 건 없었어요? 내가 실수할 뻔했는데 다행이다. 낯선 곳에 떨어졌다니 그건 근신당하는 기분이기는 해도, 그래도 한번 더 생각할 기회가 온 건가, 그런 거요."

아마도 그게 상은의 입장인 모양이었다.

"아뇨. 화가 났는데요."

"왜요."

"일단 미래라는 게 마음에 안 들었어요. 어차피 무고한 사람 시간 뒤를 거라면, 이왕이면 미래가 아니라 과거로 보내주면 좋았잖아요. 돌아가서 뭐라도 바꿀 수 있게."

율이 죽음의 문턱까지 갔던 이유는 이겨낼 수 없는 죄책감 때문이라고 했다. 나 때문에 아빠가 죽었다는 죄책감. 2017년 여름에, 율은 아빠를 잃었다. 오토바이 사고였다. 비가 억수처럼 퍼붓던 밤이었다.

"재수도 아깝게 실패하고 아빠한테 그랬어요. 딱 일 년만 더 기다려달라고. 정말 일 년이라고. 약대 하나 바라보고 달려왔는데 이대로 포기하면 너무 억울하고 아깝다고. 이번엔 성공해서 내가 아빠 호강시켜줄 거라고."

아빠는 그러자고 했단다. 호강하고 싶어서가 아니라 율의 간곡한 부탁 때문이었을 것이다. 그리고 율을 뒷바라지하기 위해 야간 일을 늘렸다. 호황기에 접어든 배달 부업이었다.

"과거였으면 얼마나 좋아요. 당장 찾아가서 내 말 같은 건 귓등으로도 듣지 말라고 말해줬을 텐데. 아니, 나한테 가서 삼수 같은 건 때려치우라고 협박했을 텐데. 대체 이런 미래가 뭐가 중요해요. 어차피 아무것도 없는 미래."

율의 코끝이 빨갰다. 고인 눈물을 떨어뜨리지 않으려고 눈꺼풀에 힘을 꼭 준 채였다.

"무슨 시한폭탄 같잖아요. 숫자가 줄어드는 게. 그래서 정말 카운트다운이 끝나면 몸이 펑 터져버리면 좋겠다고 생각했어요. 그게 아니면,"

이건 율에게 러닝타임이 아니라 카운트다운이다. 율은 잠시 단어를 골랐다.

"여기서 다시 제대로 죽어주겠다고."

그때 털썩, 하고 무언가가 바닥에 떨어지는 소리가 났다.

격양되어가던 율의 이야기를 듣다가 보리는 자기도 모르게 자리에서 벌떡 일어나고 말았다. 그 바람에 빨랫감을 담아 왔던 빈 쇼핑백을 툭 건드렸고 그게 테이블 위에서 힘없이 추락한 것이다.

율과 상은은 엄청나게 큰 소리를 듣기라도 한 듯이 보리를 바라보았다.

보리는 아찔했다. 빈 가방이 아닌, 묵직하고 중요한 물건을 떨어뜨린 것 같았다. 슬픔과 화가 동시에 솟았다. 제대로 죽어주겠다니. 무슨 말을 하고 싶은데, 해야 하겠는데. 도무지 입이 떨어지지는 않았다.

그 무언의 목소리가 부담스러웠는지 율은 고개를 돌려 세탁기를 다시 마주보았다.

"그럼 율이 씨가 회색사님에게 오늘 그렇게 화가 났다는 건."

다시 상은이 말했다. 굴러떨어져 산산조각 날 뻔한 유리잔을 잽싸면서도 부드럽게 잡아내는 듯한 음성이었다.

"자기 자신을 함부로 하고, 우리에게 고마움도 모르는 그분의 태도가 싫다는 건. 율이 씨는 2019년의 〈미미 분식〉과 우리가 마음에 들었고, 적어도 그게 섭섭할 만큼은 아끼게 되었다는 거지요? 여기가 아무것도 아닌 미래라고 했지만, 지내다보니 그렇게까지 아무것도 아닌 건 아니라서요. 이런 뭔가 말이 꼬이는 거 같네요. 아무튼."

율은 입을 꼭 다물고만 있었다.

"그러면 율이 씨의 숫자가 모두 사라졌을 때, 그 선택을 다시 하지는 않을 거라고 생각해도 되는 거지요?"

그 말을 하면서 상은은 보리를 보았다. 보리는 마치 자신이 물은 것처럼 율을 바라보았다.

이번에 침묵을 깬 것은 세탁기의 종료 알림이었다.

율은 소매로 눈물을 슥 한 번 훔치고는 먼저 일어나 세탁기의 문을 열었다. 보리와 율, 상은, 그리고 쿠리의 옷들이 한데 뒤엉켜 있었다. 훌쩍이는 소리를 감추려는 듯 율이 애써 퉁명스레 말했다.

"건조기로 옮기게 좀 도와줄래요. 젖어서 무거워요."

보리도 이제는 세탁기 앞으로 가서 젖은 빨래를 함께 옮기며 말했다.

"끝나고 라면 어때요? 그 바지락 넣어서요."

봉골레에 쓰고 남은 바지락이 아직 많았다. 처음 가스불도 켤 줄 모르던 자신에게 라면을 끓여주었던 율처럼, 오늘은 보리가 그렇게 해주고 싶었다.

"콩나물도 넣어줘요."

즉흥적으로 떠올린 저녁 메뉴는 율도 마음에 든 모양이었다. 젖어 있는 얼굴로도 재빨리 요구 사항을 추가했다. 상은이 이어 말했다.

"시장엔 제가 다녀올게요."

"아뇨, 돌아가는 길에 같이 가요."

"그럴까요?"

"응, 다 같이 가요."

훌쩍임이 조금 줄어든 음성으로 율이 대답했다.

남은 시간은 앞으로 사십오 분.

건조까지 모두 끝나면 잘 마른 옷들로 빈 봉투를 다시 채우고 여전히 남아 있는 따끈따끈한 온기가 기분 좋다고 생각하면서, 세 사람은 시장에 들렀다가 〈미미 분식〉으로 돌아갈 것이다.

전부 다른 시간에서 왔지만 하나의 냄비로 끓인 라면을 함께 먹고, 한데서 구르며 깨끗해진 옷을 서로 나누어 입는 시간으로 오늘을 기억할 것이다.

13. 스포일러

"다른 음식은 없는가."

바지락 넣은 해물죽을 두 번 입에 떠 넣고선 쿠리는 숟가락을 탁 내려놓았다. 입맛에 맞지 않는지 꾸역꾸역 삼키고서 다시 자리에 누워버렸다.

몸살 기운은 약으로 어느 정도 진정이 되었지만, 이렇게 먹지 않으면 저 커다란 몸은 제게 필요한 에너지를 다 공급받지 못할 것이다.

이 해물죽도 상은이 정성껏 끓였다. 보리가 슬쩍 간을 보았는데 전문점에서 파는 것에 버금가는 훌륭한 맛이었다. 2019년 한국 음식점의 모든 메뉴판을 이 앞에 내민다 한들 거기에 쿠리가 원하는 음식이 있을까.

"……하미잔이 먹고 싶어."

사소한 생의 욕구가 생긴 건 환영할 일이나, 그런 건 〈미미 분식〉에 없다. 포털 사이트에 검색해봐도 결과 없음으로 나올 가능성이 클 테지.

"아플 땐 순한 음식으로 몸을 달래야 한대요."

"이 형편없는 음식 때문에 몸이 더 아픈 거다."

보리는 저도 모르게 뒷목이 당겼다. 율은 쿠리의 시중을 사절하며 이렇게 단언했다. '내가 죽을지 말지는 좀더 고민이 필요하지만, 회색사한테 밥상 갖다주는 일은 일 초도 망설일 것 없이 싫다'고.

서로를 위해 옳은 선택이라고 보리는 생각했다. 둘은 상성이 전혀 맞지 않으니까.

그때 휴대폰 진동이 울렸다. 보리는 얼른 발신자를 확인했다. 지원했던 병원의 회신이거나 은표거나, 아니면 어떤 가능성 비슷한 것을 담은 번호를 바랐는데, 기대 이하였다.

"응, 엄마."

"너 지금 어디야."

정말 궁금해서 묻는 건 아닐 테고, 뭔가 타박하려는 인트로 같은데 보리는 바로 짐작되는 바가 없었다. 엄마에게 병원 폐업과 퇴사 이야기는 하지 않았고, 영화 촬영 이야기도 물론 안 했다.

엄마는 보리가 친구들의 현장에서 '스태프 놀이'를 가볍게 즐기는 정도로만 알고 있었다. 그조차 보리에게 사치스러운 짓거리라고 했는데, 가진 재산을 다 털어 직접 영화를 만들려고 했다는 사실을 안다면…… 보리는 생각도 하고 싶지 않았다.

다른 직장을 찾기 전까지 한 달 정도 자기 시간을 갖겠다는데 엄마 허락을 구해야 할 나이는 이미 지나지 않았는가. 다음 직장이 정해지면 그때 거취를 알려줘도 충분하다고 생각했다.

"어…… 기숙사."

"기숙사? 퇴사했는데 기숙사에 있을 수 있어?"

아니, 엄마가 어떻게 알았지?

"의료보험 지역 가입자로 전환됐다고 우편물 날아왔어."

"아아……"

보리는 무릎을 세워 끌어안으며 얼굴을 그 사이에 박고 자괴했다. 이런 멍청이. 도대체 행정의 세상엔 구멍이 없다. 쿠리는 모로 누운 채 그런 보리를 천한 아랫것 보듯 바라보는 중이었다.

"너 솔직히 말해. 사람 걱정 시키지 말고."

"맞아. 병원 문 닫았어. 산부인과 전문 병원인데 출생률이 줄어들기만 해서 적자라는 걸 어떡해."

보리는 내 탓이 아니라는 것을 강조하고 싶었다.

"다른 데 이력서 넣고 면접 기다리고 있으니까 걱정 마. 곧 직장 가입자로 바뀌니까."

"그래. 엉겁결에 시작한 일이라도 가급적이면 이 경력 잘 살려. 병원은 망해도 다른 병원 가면 돼. 원무과 없는 병원은 없잖아."

또 뼈 있는 말이다. 보리가 엄마라면 내세울 것 없는 학력 으로도 제 길을 잘 만들어가고 있는 딸에게 큰 자부심을 가질 텐데. 가끔은 다정한 격려나 칭찬도 해주고. 엄마는 과수원의 나무들에게만 친절하다.

"알았어."

이 정도로 넘어가고 그만 전화를 끊으려고 하는데 다시 엄 마의 목소리가 이어졌다.

"근데 보리, 너 혹시 은표하고 연락 되니?"

"은표?"

마치 그런 이름은 몇 년 만에 들어본다는 듯 연기하며 되물 었으나, 정작 가슴은 두방망이질했다. 엄마가 왜 난데없이 은 표의 안부를 묻지?

"걔 엄마 엊그제부터 난리도 아니야. 뭐에 투자한다고 저축 끌어다 갔는데 연락이 안 된대. 그러게 그런 걸 왜 하게 돼. 투 자니 코인이니. 너한테는 무슨 연락 없었어? 너네 영화 같이 찍고 그랬잖아."

두방망이질은 끝날 줄을 모르고 이제는 할말도 잃었다. 연락이 안 된 건 사실이니 없었다고 해도 최소한 거짓은 아닌데. 머릿속이 새하얗기만 했다. 그 불편한 공기를 전화 너머의 엄마는 금세 알아차렸다.

"보리야. 너 혹시 퇴직금 은표 줬어?"

젠장.

"아니야!"

거짓말이라고 할 순 없었다. 준 게 아니라 맡긴 것이니까. 그래서 은표가 계속 안 나타나면 경찰에 신고할 계획이라고, 마지막 시간 여행자의 숫자가 사라지는 그날을 디데이로 정해두었다고…… 진실을 터뜨리고 싶은 마음은 꾹꾹 삼켰다. 이중에 엄마가 알아도 괜찮을 소식은 애석하게도 단 하나도 없었다.

"정말이야?"

"여기서도 못 본 지 좀 됐어. 나도 면접이다 알바다 지금 정신없이 바빠."

"알바? 알바는 뭐 하러 해."

시간 여행자 셋을 돌보는 일을 뭐라고 칭해야 할지 몰라서 선택한 단어였다.

"놀면 뭐 해. 이 주짜리 단기 알바야. 크리스마스 앞두고 일손 부족하다고 누가 부탁해서."

"빵집이야?"

"아니 분식……집."

완전한 진실은 아니라는 것 정도는 엄마도 이미 눈치챈 것 같았다. 엄마에게 다른 말이 더 쏟아지기 전에 보리는 은표 얘기 듣게 되면 알려달라고만 해두고 빠르게 통화를 마무리했다.

긴 한숨이 뽑아져 나왔다. 무슨 백 미터 달리기라도 끝낸 듯 숨이 찼다.

"……적인가?"

있는 듯 없는 듯 침묵을 지키며 누워 있던 쿠리가 나지막하게 물었다. 웃자고 한 얘기는 아니었겠지만 긴장이 풀려 웃음도 안 나왔다.

"……적은 아니에요."

"협상이 원활하지 않은 것 같던데."

"모든 엄마랑은 대체로 그런 거 아니겠어요?"

"엄마?"

"있어요, 그런 게."

쿠리에겐 낯선 단어인 모양이었으나 보리는 설명해줄 기

운이 나지 않았다. 그리 어려운 의미도 아닌데. 쿠리도 더 궁금하지는 않은지 더이상 묻지 않고 돌아누웠다.

생각도 못한 곳에서 은표의 소식을 들었다. 아주 나쁜 스포일러 같았다.

"한숨 좀 그만 쉬고 그냥 말해요. 결심도 하기 전에 여기서 이산화탄소 중독으로 죽겠네."

어둠 속에서 율이 중얼거렸다. 불을 끄고 누운 지 한참인데도 잠이 오지 않아 보리는 말 그대로 한숨만 잇던 중이었고 듣다못한 율이 끼어들었다. 쿠리는 감기약 기운으로 이미 깊이 잠든 것 같았다.

시간 여행자들은 자신의 고민만으로도 그 무게를 감당하기 힘들 텐데, 보리는 제 문제까지 그 위에다 얹고 싶지 않았다. 스스로 해결할 일이었다.

"아냐. 아무것도."

"들어줄게요. 크리스마스 선물로. 그 정돈 할 수 있어요."

정말 크리스마스가 코앞이었다. 그러고 보면 크리스마스 알바 애드리브는 꽤 괜찮았는데, 분식집 얘기만 하지 않았어도. 심란한 와중에 엉뚱하게도 보리는 그게 내내 아쉬웠다.

보리는 엄마와의 통화 내용을 율에게 알려주었다. 그때 들은 은표의 소식도. 해결되는 것은 없었지만 천천히 털어놓고 나니 마음이 아주 조금은 편해졌다. 자신이 울적한 이유를 정확히 알고 있는 이가 존재한다는 것만으로도 우울의 무게는 줄어들었다. 물론 율이 횡령자를 향해 가차없이 저주를 퍼부어준 덕분이기도 했다.

보리의 이야기에 마음의 문이라도 열린 것인지 율은 뜬금없이 자신의 이야기를 꺼냈다.

"언니 저번에 나한테 물었잖아요. 얼마 전 아침에 어디 다녀왔었냐고."

"산책 갔었다며."

"그말 믿었어요?"

"아니."

보리는 솔직히 대답했다. 그러자 율도 솔직해지기로 한 모양이었다.

"주민 센터 다녀왔어요."

"왜?"

보리는 의외의 대답에 깜짝 놀라 몸을 일으켰다. 시간 여행자가 주민 센터에 갈 일이 뭐가 있다는 걸까.

"왜, 거기 가면 무인 민원 발급기 있잖아요. 다른 거 필요 없고 지문만 입력하면 등본이고 뭐고 다 나와요."

보리도 그게 뭔지는 안다. 병원에도 있었다. 무인 민원 발급기를 들여놓은 후로 제증명 서류 발급 관련한 컴플레인이 많이 줄어서 편리했다.

"2019년에 나는 살아 있나 궁금해서요. 아직 진짜로 살아 있는 건지. 아니면 그때 벌써 죽었는데 여기가 연옥 비슷한 데라서 어정쩡한 상황인 건지. 분명히 확인 좀 하려고요."

아찔한 설명이었다. 이 스포일러 역시 감당할 준비가 전혀 안 되어 있는데. 하여간 홍율 얘는 한 번씩 사람을 크게 놀라게 했다. 보리는 뒷목에 힘이 들어간 채로 물었다. 말끝이 살짝 떨렸다.

"그래서?"

"못 봤어요. 지문 인식기가 안 먹혀서 오류만 나잖아. 들어가서 떼려면 주민등록증이 있어야 하는데 강에 다 버리고 왔고. 그리고 만약에 대면으로 뗐는데 사망자로 나오면 그것도 피차 얼마나 난감하겠어요? 그러니까 어차피 그 방법은 안 됐어요."

율의 현실적이고도 시큰둥한 결론에 보리는 잠깐 망설이다가 물었다.

"집주소 같은 건 기억해?"

"말했잖아요. 모조리 다 기억난다고. 기억 안 난다면 그건 거짓말이라고."

"음."

"언니, 설마 집에 찾아가서 확인해보지, 그런 생각 하는 건
아니죠?"

"설마."

그랬지만 보리는 정확하게 그 생각을 한 것이 맞았다. 덕분
에 오늘 거짓말을 또 누적하고 말았다.

"와, 아무리 그래도 그 정도로 강심장은 아니에요, 내가. 타
임슬립물에서 자기가 자기를 보면 죽지 않아요?"

그거야 이야기마다 설정하는 규칙이 다르니 정답은 없다.
그러나 이것 하나만은 보리에게 신선한 사실로 다가왔다.

"어…… 그러니까, 그 말인즉슨 죽기는 싫다. 그치?"

순간 방이 조용해졌다.

"그게…… 그렇게 되나?"

"응."

"흐음, 크리스마스 시즌에 고작 그런 이유로 죽고 싶진 않
은 거예요."

며칠 후면 12월 25일, 크리스마스다. 그리고 그날은 율의
발등에 새겨진 숫자가 1이 되는 날이기도 하다.

날짜를 헤아려보니 그날까지 이제 여섯 개의 하루가 남았다.

14. 손님

"시끌시끌하네요."

그렇게 말하면서도 상은은 이 분식집의 주인이기라도 한 것처럼 뿌듯한 기색이었다. 12월 21일 토요일, 〈미미 분식〉에 예정에 없던 손님들이 여덟 명이나 찾아왔다.

시간 여행자들은 아니었다. 쿠리가 나타난 이후로 냉장고 옆 이 인용 테이블은 언제 끓는 냄비 뚜껑처럼 달그락거렸냐는 듯이 조용해졌다.

새 손님들은 태오가 지도하고 있는 고등학교 영화 동아리의 학생들이었다. 워크숍으로 완성한 시나리오에 분식집이 배경인 장면이 있는데, 원래는 학교 근처 분식집을 섭외하려고 했으나 영업 중인 곳이라 녹록지 않았다.

아무리 간단한 장면을 촬영해도 최소 한두 시간은 기본으로 걸리고, 그동안 영업은 당연히 방해받는다. 그래서 일반적으로는 그만큼의 사용료를 지불하지만 제작비가 충분하지 않은 청소년들에게는 만만치 않은 지출이다.

결국 태오가 보리에게 슬쩍 제안했고 보리는 흔쾌히 수락했다. 그렇게라도 〈미미 분식〉이 영화 속 한 장면으로 남아준다면 좋은 일이니까.

"자, 슛 들어간다!"

감독인 여자아이가 힘차게 소리를 지르자 각자 조잘거리던 스태프들도, 소품인 떡볶이를 가운데 두고 대사를 연습 중이던 배우들도 즉시 고요해졌다. 보리와 율, 상은도 덩달아 숨소리를 삼켰다.

"사운드!"

규모가 작은 촬영팀이니 감독이 직접 외친다.

"스피드."

붐 마이크를 든 남자아이가 지향 방향을 확인하며 대답했다.

"카메라."

"롤."

촬영감독인 여자아이가 삼각대에 올려둔 최신형 휴대폰의 빨간 버튼을 눌렀다.

"씬 다섯, 하나에 하나!"

타악. 슬레이트의 시원한 소리만은 어느 현장이나 마찬가지였다. 감독의 **"액션!"** 신호 후 속으로 하나 둘 셋을 세었을 배우가 격양된 표정을 끌어내며 대사를 시작했다. 다투는 장면으로 두 배우가 대사를 빠르게 계속 주고받느라 떡볶이를 먹는 행동은 없었다.

등장인물로만 화면을 구성하면 아무래도 배경이 비어 어색해 보인다. 그래서 보리와 율은 뒤쪽 테이블에 앉은 손님들로, 상은은 분식집 주인 역할로 보조 출연 중이었다. 얼굴에 정확하게 초점이 잡히지 않고 그저 사람이 있음을 표현하는 정도라, 화면상으로는 누구인지 식별하기 어려웠다.

분식집 장면은 긴 대화 신이라 대사가 많았다. 스토리보드를 보니 신은 하나지만 모두 여섯 개의 컷으로 구성되어 있었다. 마주앉은 상대방의 어깨 바로 뒤에서 찍는 오버 더 숄더 숏 두 개, 인물 각각의 클로즈업 두 개, 측면에서 두 사람을 한 번에 담는 투 숏 하나. 분식집 전체를 넓게 잡는 컷 하나.

당연히 첫 테이크에 오케이가 나오는 컷은 없었다. 각 컷마다 다섯 테이크 이상은 반복했다. 엔지도 있었지만, 좀더 잘할 수 있을 것 같아서 한 테이크 더 시도할 때도 있었다. 아마추어다보니 카메라와 사운드 세팅에 시행착오도 종종 있었다. 벌써 네 시간이 훌쩍 지났다.

"와, 한 장면 한 장면에 이렇게 공이 많이 들어가네요."

마지막 컷, 여섯 번째 테이크에 드디어 오케이 사인이 떨어지자 상은이 안도한 듯 말했다. 계속 서 있는 역할이라 다리도 꽤 아팠을 터였다.

쿠리에게도 보조 출연을 제안했으나 단칼에 거부했다. 영화가 무엇인지도 몰랐고, 촬영이 몇 시간이나 지속될지 몰라 배경으로 자연스럽게 존재하는 일은 현재 체력으로 무리였다.

그래도 쿠리는 일층과 이층 사이를 오가며 의심과 호기심 섞인 시선으로 현장을 지켜보았다. 보리는 태오와 아이들에게 쿠리를 상은의 동료라고 말해두었다. 얼결에 쿠리는 '부주방장님'이 되었다.

"이거 영화로 틀면 분량 일 분은 돼요?"

'뒷자리에 앉은 손님 2'를 맡은 율은 완전히 피곤에 찌들어 있었다. 그저 앉아 있는 게 이렇게 힘들 줄 미처 몰랐을 것이다. '손님 1' 역할의 보리는 아는 대로 솔직히 말했다.

"안 될 것 같은데."

"하……"

하지만 이 시나리오를 썼을 감독과 직접 영상과 소리를 담는 기술 스태프, 배우들은 여전히 활력이 넘쳤다. 찍은 테이크를 돌려 보고 또 돌려 보며 서로 피드백하고 대안을 모색하는 데 여념이 없었다. 아쉬움이 없을 때까지 더 찍고 싶을 테지. 특히 감독은 배고픔도 잊었을 것이다.

얼마나 벅차고 두근거릴까. 보리는 안다.

"와, 다들 고마워요. 장소만으로도 감지덕지인데 이 은혜를 이렇게 갚시, 진짜."

선생님이면서 연출부, 제작부, 보조 출연을 전방위로 아우르는 중인 태오야말로 가장 바쁠 터였다.

"아직 다 안 끝났어요 선생님. 해 떨어지기 전에 전경도 따야 하고, 인서트도 남았잖아요."

감독이 스크립트를 확인하며 태오에게 말했다.

"네, 네. 딱 오 분만 쉬겠습니다. 감독님."

"선생님, 촬영 끝나면 밥도 여기서 먹어요?"

조명 담당 학생이 물었다. 주인공 역할의 학생은 벽 메뉴판을 뚫어져라 보는 중이었다. 역시 다들 출출해진 모양이었다.

"아니 여기 진짜로는 영업하는 데 아니라니까. 저녁은 나가서 먹어야 해. 다들 뭐 먹고 싶니?"

태오의 물음에 아이들은 기다렸다는 듯이 저마다 먹고 싶은 걸 외쳤다. 안 식은 떡볶이요. 라면이요. 만두요! 촬영 중 계속 눈에 들어왔던 까닭일까, 공교롭게도 모두 메뉴판에 있는 음식들이었다.

괜히 벌써 물어봤다는 후회가 태오의 얼굴을 뒤덮었다. 성장기의 청소년들에게 돌이킬 수 없는 허기의 시동을 걸어버린 것이다.

"엑스트라의 임무가 끝났다면, 나머지 촬영하시는 동안 제가 좀 준비해볼까요?"

상은의 갑작스러운 제안에 어른들은 눈이 동그래졌고 아이들은 환호를 보냈다.

"방금 주문은 삼십 분이면 준비할 수 있어요. 재료들도 다 있고, 냉동이지만 만두도 있으니까요. 아, 혹시 조리할 때 소리만 방해가 안 된다면 말입니다."

상은도 오늘의 촬영에서 배운 바가 적지 않았다. 촬영 중에는 아무리 미세한 소리라도 허락되지 않기 때문에 냉장고는 코드를 빼두었고, 심지어 한겨울임에도 히터를 틀지 않았다. 모두 옷 안에 핫팩 하나씩은 품고 있었다.

"인서트는 그림만 활용하는 용도니까 소리는 상관없지만…… 너무 큰 폐를 끼치는 것 같아요."

태오도 염치가 없지 않았다. 촬영 협조만으로도 벌써 도움의 한도를 초과한 것 같은데, 먹성 좋은 아이들의 허기까지 맡기는 것은.

"아아, 나도 더 못 견디겠다. 탄수화물! 우리도 어차피 먹을 거니까 말 나온 김에 같이해요."

율도 자진해서 주방 보조로 나섰다. 상은은 벌써 대용량 냄비에 물을 채우는 중이었다.

보리도 일어났다. 둘보단 셋이 나을 것이다.

"인생 첫 영화잖아. 카메라 뒤가 더 많이 기억에 남는."

그렇게 말하며 보리는 다시 히터를 틀었다.

주문한 식사가 테이블마다 속속 올라오며 〈미미 분식〉은 온기로 가득 차올랐다. 몸을 녹이고 촬영에 소진된 기운을 되찾기에 충분한 식탁이었다. 핫팩은 더이상 필요하지 않았다.

테이블에는 웃음이 끊이지 않았다. 이 분위기가 싫지는 않았는지 쿠리도 어느새 자리 하나를 차지하고 앉아 있었다. 의외로 만두에 관심을 보였는데, 포크로 해체하며 한입 먹고는 미간이 좁아지긴 했으나 결국 느릿하게 다 먹어치웠다.

그때였다. 갑자기 출입문이 벌컥 열린 것은. 밀려 들어온 매서운 겨울바람이 이질적이었다. 그리고 문 앞에 서 있는 낯선 손님은 더더욱.

보리와 태오는 숨이 멎은 듯 조용해졌고, 아이들은 대수롭지 않게 한마디씩 던졌다.

"죄송한데요, 여기 진짜 분식집 아니에요!"

"진짜 식당은 길 건너 가셔야 해요."

그 말은 가볍게 무시하고 손님은 황당하기 그지없다는 목소리로 보리에게 물었다.

"지금 뭐 하는 거야?"

보리는 초조해진 마음을 간신히 누르며 담담하게 대답했다.

"영화 찍어."

역시 기다리지 않아야 나타나는 것일까.

영화를 찍는다는 말에 실소를 터뜨리는 은표를 대면하면서, 보리는 지금이 아직 차가운 계절임을 새삼스레 깨달았다.

"그래, 이런 것도 영화라면 영화지."

은표는 담배에 불을 붙이며 중얼거렸다. 태오도 같이 얘기하자고 했지만 은표는 자신과 보리 사이의 일이라며, 둘이서만 이야기하겠다고 했다.

보리는 눈이 쌓인 골목에 은표와 나란히 섰다. 안 그래도 깡마른 애였는데 사라지기 전보다 더 야위고 푹 꺼진 모습이 분노보다 동정을 먼저 불러일으켰다. 마음이 복잡했다.

무슨 말부터 꺼내야 할까 망설이는 사이에 은표는 담배를 쥐지 않은 손으로 통장을 내밀었다. 시선은 담배로만 향해 있었다.

"나머진 갚을게. 천천히."

무심한 말이 툭 날아왔다.

"걱정 마. 절반은 남아 있어. 떼먹을 거면 이렇게 오지도 않았으니까. 원래는 화요일에 태오한테 갔었는데 그래도 감독은 너니까, 늦어도 이게 낫지 싶어서."

은표는 일방적으로 말을 늘어놓은 다음, 마치 왔던 길을 되돌아가는 게 당연하다는 듯이 보리를 남겨두고 앞으로 성큼성큼 걸어나갔다. 보리는 그제야 화가 치밀었다. 당장 그 뒤를 쫓아가 은표의 목덜미를 향해 손을 뻗었다.

"으왁!"

그러나 비명은 보리의 몫이었다. 발밑을 확인하지도 않고 속도를 낸 덕분에 눈길에 미끄러져 중심을 잃고 엉덩방아를 찧고 말았다. 아픈 곳을 문지르며 고개를 들자, 은표는 한심하다는 눈빛으로 보리를 내려다보는 중이었다.

보리는 버럭 소리를 질렀다.

"사과부터 하는 게 맞잖아!"

인적이 드문 동네에 소리가 쩌렁쩌렁 울렸다.

"누구나 엔지는 내! 그럼 사과하고 다시 찍으면 되잖아!"

은표는 아무런 대꾸도 없었다.

"왜 그 쉬운 걸 못해?"

어떻게 반응하면 좋을지 결정 못한 채로 은표를 맞았지만,

이제는 분명했다. 은표를 대면하니 모를 수 없었다.

사과와 반성, 미안한 마음.

그러니까 아직 모든 게 다 잘못된 것은 아니라는 가능성의 확인. 마치 십사 일의 유예처럼. 그러나 누군가에게 그것은 도망이나 조롱보다 어려운 일이었나보다.

"하하. 딱 고등학생 단편영화 감성이네, 너."

재가 길게 늘어진 담배를 바닥에 던지며 은표가 비아냥거렸다.

"물에 물 탄 듯, 술에 술 탄 듯 한 게 문제였어, 너는. 그렇게 줏대랄 것도 하나 없는 애가 무슨 연출을 하니?"

"뭐?"

"작품에 애착이든 고집이든 뭐라도 있었다면 돈이야 어쨌든 벌써 찍고 있었겠지. 어린애들 뒤치다꺼리 말고."

보리는 대꾸 없이 은표를 노려보았다.

"사실 난 네 작품 불안불안했어. 완성했어도 결과는 뻔했다고 봐. 솔직히 캐릭터도 약하고 구성도 헐겁고. 너도 내심 그렇게 생각한 거 아냐? 차라리 잘됐잖아. 다 찍고 나서 돈은 돈대로 쓰고 쪽팔리기까지 하면 그것도 못할 짓인데. 차라리 그 돈으로 대학이나 가지 그래."

"야."

보리는 그게 제 입으로 은표를 부르는 소리라고 생각했다. 그 뒤에 할말을 생각해두진 않았으나, 분노와 체념이 뒤섞인 어떤 추임새 같은 거라고. 그러나 곁에는 율이 서 있었다. 율의 목소리였다.

"영화 찍을 것도 아니고, 들어와서 떡볶이 처먹을 배짱도 없으면 조용히 꺼져. 여긴 그 둘 말곤 취급 안 해. 시발 년아."

은표의 입김이 잠시 그쳤다. 이어서 또다른 목소리가 보리의 귀를 잡아당겼다.

"적인가."

쿠리의 목소리였다. 미간에 주름이 아주 깊게 팬 심각하고도 무서운 얼굴이었다.

보리는 조금 눈물이 나올 것 같았다.

엉덩이가 욱신거려서도, 은표의 독설에 뼈가 시려서도, 사과 한마디 없이 결국 가버려서도 아니었다. 그건 이제 아무래도 상관없었다.

그저 어마어마한 통증을 감수하고 바깥으로 나와 곁에 서 있어준 회색사와, 차가운 바닥에서 그만 일어나 함께 들어가자고 손을 내밀어준 율 때문이었다.

15. 카운트다운이 아니라 러닝타임

다음날 오후, 보리는 혼자 〈미미 분식〉을 나와 낯선 동네를 찾았다. 서울 서북쪽의 오현동. 오래된 빌라와 주택, 새로 지어진 아파트 들이 뒤섞인 서울의 흔한 동네였다.

병원 면접 때문은 아니었다. 오늘은 일요일이었고, 현재 보리의 유일한 면접 일정은 내일 부산의 종합병원이 전부였다. 아침 일찍 케이티엑스로 출발했다가 끝나면 바로 돌아올 예정이었다.

오늘은 그보다 더 중요한 일이었다. 지극히 사적이고도 비밀스러운 일정.

보리는 지하철에서 내려 지도 애플리케이션에 저장해둔 주소로 안내에 따라 움직였다. 눈은 그칠 기미가 없어 보였다. 도보로 십오 분, 꽤 걸어야 하는 거리였다. 그 주소지를 중심으로 양쪽에 지하철역이 있어서, 어디서 출발해도 비슷한 시간이 소요되는 그런 위치였다.

큰 도로에서 이면도로로, 다시 그 안쪽의 골목으로 들어갔다. 모두 비슷하게 생겼지만 이름은 다른 빌라들이 즐비했다. 조금 더 낡았거나 덜 낡았거나 정도의 차이일 뿐 오래된 느낌은 매한가지였다.

"이쯤인데."

보리는 액정의 지도를 한 번, 눈앞을 한 번 번갈아 보며 '온새 빌라'라는 이름을 찾았다. 눈길을 뽀드득뽀드득 걸으며 십 미터쯤 더 나아가자 현판이 보였다. 이전에 위치한 빌라가 돌출된 외형이라 가려져 보이지 않았던 것이다. 모두 세 개의 동이었다.

"왔다."

목적지였다. 그러나 보리가 아는 것은 여기까지였다. 찾아가야 할 곳이 몇 동인지, 몇 층의 몇 호인지는 모른다. 율이 보리의 노트북으로 위치 찾기 기능을 이용해 입력한 주소는 딱 번지수까지였다.

이 주소를 발견한 것은 순전히 우연이었다.

오늘 아침 새로운 병원에 이력서를 접수하려 할 때였다. 작성해둔 내용에 오타는 없는지 꼼꼼히 확인하면서 주소 입력 폼을 한 번 클릭했다. 그런데 자동 저장 기능으로 뜬 주소는 보리가 그동안 자주 입력했던 행남 주소, 지난 병원의 기숙사 주소가 아닌, 완전히 새로운 주소였다.

율 말고 다른 혐의자는 마땅히 안 떠올랐다. 보리는 자연스럽게 그 주소지가 율의 집일 거라고 생각했다. 자신의 생사 여부를 아는 데는 실패했어도 집의 존재 여부는 그 정도만으로 확인할 수 있었다. 이 년 사이에 건물이 사라질 확률은 크지 않고 율도 그걸 모르지는 않을 테지만, 직접 갈 용기가 없어 그렇게나마 제 흔적을 확인했을 터였다.

보리가 이 짧은 여행길에 나선 것은 다분히 충동적이었다. 당연히 율에겐 알리지 않았고 정해진 시나리오도 없었다. 어제 촬영과 은표의 등장으로 몸과 마음은 피로했지만, 이 호기심을 꺾을 정도는 아니었다.

보리는 알고 싶었다. 2019년 지금의 율은 괜찮을지. 상은의 이십 년이라는 시차는 안부를 확인하는 데 단서도 적고 변수도 크다. 쿠리는 말할 것도 없다. 이 년 정도는 시간 여행 이후의 삶을 확인하기에 적합했다. 숫자 14가 다하면 시간 여행자들은 어떻게 되는 걸까? 원래의 자리로 돌아가는 걸까? 그렇다면 다시 제 삶을 이어나가게 될까? 의문에 가득찬 희망사항에 대한 답을 확인하려면 이 방법뿐이었다. 2019년의 율이 괜찮다면, 그러니까 살아 있다면, 다른 둘도 그럴 거라

믿을 수 있을 것 같았다. 결코 부당한 행복 회로가 아니다.

"실례합니다. 혹시 홍율이라는 학생이 몇 호에 사나요?"

"모르겠는데요."

"글쎄요. 이웃끼리 왕래는 없어서."

그러나 온새 빌라 주민들은 전혀 협조적이지 않았다. 큰 기대 없이 왔지만, 보리는 실망스러웠다. 낯선 사람이라 모르는 척하는 건지, 정말 모르는 건지…… 전자라면 백 번이고 이해한다고 스스로 다독였지만, 보리는 시간이 지남에 따라 맥이 조금씩 빠졌다. 혼자서 멋대로 비장했던 대가다.

어떤 보이지 않는 힘이 시간 여행자들을 이곳으로 불러모았는지도 불가해한 일이지만, 지금을 알고자 하는 의지에도 역시 그 힘이 작용하고 있는 걸까? 그런 호기심은 허락하지 않겠다는, 마치 오류 표시를 띄웠던 무인 민원 발급기와 같은 이치로. 그냥 모르는 채로 가야 하는 게 '답'이라는, 무언의 '답'인 걸까.

온새 빌라 앞에 도착한 지 세 시간쯤 지나고, 주민들을 거듭 마주치자 보리는 그만 돌아가는 게 맞겠다고 생각했다. 정작 스포일러를 좋아하지 않으면서, 그걸 알아내겠다고 혼자 몰래 〈미미 분식〉을 빠져나왔다니. 보이지 않는 힘이 힌트를 주지 않는 건 어쩌면 그 모순이 괘씸해서일지도 모른다. 아니면 아주 단순히 2019년의 율이 여기에 살지 않는 것일 수도 있고.

운이 나빠 감기라도 걸려 내일 면접에 지장을 주면 좋을 것도 없다. 보리는 걸음을 돌렸다. 겨울이라 해가 짧았다. 다섯 시가 조금 넘었는데 벌써 하늘이 어둑어둑했다. 초행이었고 그치지 않는 눈 때문에 방향도 헷갈려 돌아가는 길에도 지도 앱을 실행시켜 안내대로 걸으며 생각했다.

오늘 별다른 힌트를 못 얻었으니 율의 카운트다운이 끝나는 날 어떤 일이 벌어질지 여전히 알 수 없다. 형태를 모를 '끝'이 존재한다고만 막연히 짐작할 뿐이었다.

그러나 사람은 언젠가 죽는다는 걸 누구나 알면서도, 그 죽음에 집착하는 게 아니라 지금을 힘껏 살듯이, 보리는 〈미미분식〉으로 돌아가 오늘의 식사를 하고, 시간 여행자들과 오늘에 대해 떠들자고 생각했다. 오현동에 다녀왔다는 얘기는 빼야겠지만.

"으왁!"

걸음에 속도를 내다 어제처럼 또다시 눈길에 미끄러지고 말았을 때, 이쯤 되면 신발이 문제라고 원망하며 보리는 허리를 문질렀다.

"괜찮으세요?"

"아…… 네."

괜찮지 않았지만 모르는 행인이 물으면 그런 대답이 자동으로 나오고 마는 것이다. 이 정도 통증이야 곧 괜찮아진다는 건 경험으로 안다. 사람은 누구나 넘어지면서 자라지 않는가……라고 이어지던 보리의 의식의 흐름이 끊겼다.

모르는 행인이 아니었기 때문이다. 율의 목소리였다. 가로등 아래에서 보리에게 손을 내밀고 있는 사람은 율이었다. 보리는 눈사람처럼 얼어붙었다.

"흐음. 진짜요?"

저 '흐음'. 정말로 율이다. 율이 있다. 2019년에. 오현동에. 홍율이 있다.

분위기가 조금은 다르지만 분명히 율이었다. 어제 함께 영화를 찍었고, 은표에게 대신 화를 내줬고, 오늘 아침엔 사이좋게 시리얼과 프렌치토스트를 먹었으며, 또 투덜대는 쿠리에겐 손 많이 가는 공주님이라고 한숨을 쉬던 그 홍율.

못 본 지 겨우 몇 시간이 지났을 뿐인데 이렇게 반가울 수 있다니. 보리의 얼굴에는 자기도 모르게 반가움을 가득 담은 미소가 번졌다. 그러나 곧 이래서는 안 된다는 분위기가 엄습해 왔다. 그 반가움은 율에겐 조금도 전염되지 않았다. 율은 심각한 얼굴로 물었다.

"119 불러드릴까요? 머리를 다치셨을지도 몰라요. 이 동네 사세요? 보호자 분이라도……"

"아……아뇨!"

보리는 얼굴을 굳히고 간신히 대답했다. 2019년의 율은 보리를 완전히 낯선 사람으로 대하고 있었다. 율은 시간 여행자라는 사실을 모두에게 숨기는 연기엔 성공한 적이 있지만, 이건 조금 다르다. 정말 모르는 것과 모르는 척하는 것은 같지 않다. 만약 연기라면 그새 배우가 됐거나.

보리는 율의 손을 잡고 자리에서 일어났다. 이제 보니 율은 등에 커다란 기타 케이스를 메고 있었다.

"저, 정말 괜찮아요. 신발이 좀 미끄럽네요."

"흐음."

"보세요. 잘 걸어요."

"네, 조심하세요."

일어나 걸을 수 있음을 확인시켜주자, 율은 가던 방향으로 다시 걸었다. 뒷모습이 서서히 멀어져갔다. 천천히 조심스럽게, 그러나 망설임은 없는 걸음으로.

"저기."

한 번도 돌아보지 않는 율이 어쩐지 아쉬워 보리는 무심코 불러 세워버렸다. 골목에 다른 사람은 없었기에, 율이 즉각 돌아보았다. 보리는 율의 얼굴을 향해 또박또박 말했다.

"고마워요."

"뭘요. 한 것도 없는데."

율이 조금 먼 곳에서 머쓱한 웃음을 짓는다.

아니야, 너는 나한테 와서 많은 걸 해줬어. 그것들을 뭐라고 불러야 할지는 모르겠지만 말이야.

보리는 속으로만 그렇게 전했다.

다시 돌아서 걸어가는 율의 작은 어깨에 매달린 커다란 기타 케이스를 오래 바라보았다. 골목 모퉁이를 도는 뒷모습이 완전히 사라질 때까지.

"어디서 술이라도 퍼마시고 있는 줄 알았어요. 말도 없이 사라져서."

보리가 〈미미 분식〉에 돌아오자마자 율이 말했다. 이어서 쿠리도 내키지 않는 듯한 목소리로 덧붙였다.

"아니면…… 우리처럼……"

끝을 맺지는 않았으나 뭘 말하고자 하는지는 알았다. 어제 은표의 기습 같은 등장 이후로 시간 여행자들은 조심스럽게 보리의 심기를 살폈다.

시간 여행자들에게 괜한 걱정을 하게 만들었다. 보리는 그 정도 유리 멘탈은 아니라며 고개를 저었다. 그러곤 사 인용 테이블에 털썩 앉았다. 오늘 참 많이도 걸었다. 아픈 건 다리와 엉덩이 정도다, 마음이 아니라.

물론 은표의 만행으로 속이 쓰리지 않다면 거짓말이었다. 그러나 신기하게도 치명적인 상처로는 느껴지지 않았다. 당연히 잊히지는 않겠지만 자신을 완전히 집어삼킬 정도의 상처가 되진 못했다. 강력한 부목들이 있어주었기 때문일까? 그 부목들은 정작 자신이 한 일을 모르고 있는 것 같았지만.

어울리지 않게 걱정스러운 눈치로 자신을 대하는 율을 보며 보리는 생각했다. 이거야말로 율이 자신을 '아는' 시선이라고. 하루 사이에 그 상반된 시선을 모두 겪고 나니, 며칠 후에 찾아올 진짜 끝이 무엇인지 어렴풋이 알 것 같기도 했다. 어쩐지 코가 시큰해졌다.

보리는 일부러 활짝 웃으며 상은에게 말했다.

"병원 갔다 왔어요. 엉덩이 욱신거려서. 좀 살아보겠다고 일요일 진료 보는 병원 찾아갔는데 좀 멀더라구요."

"뭐래요?"

"완전히 괜찮대요."

"하아."

괜찮다는 소리를 듣고 나서야 쿠리는 제 피로함을 솔직히 드러내며 좀 눕겠다고 이층으로 올라갔다. 사라진 보리 때문에 가게 바깥으로 나가 주변을 한참이나 서성거렸다고 상은이 말해주었다.

잘 참았는데, 보리는 결국 화장실 핑계를 대고 자리를 떠 잠깐 눈가를 훔쳐야 했다.

저녁 식사는 뿌리채소밥이었다. 우엉, 연근, 당근, 고구마가 골고루 들어가 있었다. 어디든, 언제든 이 채소들처럼 뿌리를 잘 내리라는 의미일까, 보리는 상은의 마음을 짐작해보며 그릇을 말끔히 비웠다.

설거지를 하며 보리는 율에게 대수롭지 않은 일인 척 물었다.

"혹시 악기 다루는 거 있어? 피아노나 기타나."

율의 어처구니없다는 얼굴이 이미 대답이었다.

"언니, 우리 할머니가 인생은 지멋에 겨워 지 맘대로 사는 거라고 했는데요, 나한테 딱 하나는 하지 말라고 했어요."

"뭐?"

"음악이요. 집안 대대로 재능이 없으니 받아들일 건 받아들이라고. 근데 왜요? 설마 영화음악 같은 거 부탁하려는 건 아닐 테고."

구시렁거리는 율에게 보리는 그냥 취미 생활이 궁금했을

뿐이라고 둘러댔다.

"누구나 예술혼이 있는 건 아니랍니다. 솔직히 나는 아직 언니가 영화를 왜 좋아하는지도 모르겠고요. 잠깐 해보니 그냥 노가다구먼."

보리는 허리가 약간 뻐근할 정도로 시원하게 웃었다. 그 말도 틀리진 않았다.

"영화는 시간이 제한돼 있잖아. 그러니까 러닝타임 말이야."

하지만 보리의 생각은 조금 달랐다. 영화를 좋아하는 이유는 셀 수 없이 많지만, 영화를 '만들기 좋아하는' 이유로 초점을 좁힌다면 이렇게 설명할 수 있었다.

"좀 이상하게 들리겠지만 영화를 만든다는 건, 시간을 무엇으로 채울지 고민하고 또 과감히 편집하는 일이야. 러닝타임 동안 정말로 이야기하고 싶고, 정말로 보여주고 싶은 걸 신중하게 고르고 골라서 깎고 다듬어 만드는 거니까."

막연하게 생각해오던 것을 비로소 제 말로 정리하는 시간이기도 했다.

"십오 분이면 십오 분. 두 시간이면 두 시간. 그 시간을 무엇으로 기억할 것인지만큼은 내가 힘껏 선택한 결과니까."

얼마나 가닿았는지는 모르지만 율은 고개를 가볍게 끄덕

이며 대꾸했다.

"흐음. 뭐, 대단한 권력이긴 하네요."

보리는 다시 웃었다.

"그래서 말이야. 나는 이 겨울을 여러분으로 기억하려고. 엎어진 영화와 상처를 준 은표가 아니라. 일종의 과감한 편집이지. 아니면 세 사람에게만 집중한 클로즈업이라고 할까."

세제 거품을 닦던 율의 손이 잠시 멈췄다.

"그러니까 너도 지금을 카운트다운이라기보다는, 신나는 러닝타임으로 살면 어때?"

사라져가는 과정이 아니라 아직 끝나지 않은 우리의 한 장면으로. 앞으로 남은 시간만이라도 그렇게. 보리의 간절한 마음이었다.

율이 후후 웃으며 대꾸한다.

"아이고, 카운트다운이든 러닝타임이든 이 시추에이션들을 잊는 게 가능하겠어요? 특히 저 탑 속의 공주님은…… 꿈에나 안 나오면 다행이지."

"그러게."

보리는 마음이 따끔거렸지만, 일부러 아무렇지 않게 호응했다.

2017년의 율이 삼수에 성공했는지, 원하던 학교에는 들어

갔는지, 아니면 다른 선택을 했는지, 좋은 일은, 속상한 일은 없는지…… 오늘 잠깐의 스침으로는 무엇 하나 알 수 없었다.

다만 그 어깨에 매달린 기타가, 보리를 안도하게 하는 스포일러이자 반전이었다. 율이 내민 손을 잡았을 때 손끝으로 느껴지던 굳은살의 감촉을 분명히 기억했다. 기타를 한 번도 쳐본 적은 없지만, 좋아하지 않고서야 그런 굳은살은 얻을 수 없다는 걸 보리는 알 수 있었다.

16. 다만

거울에 비친 정장 차림이 어색했다. 복장을 갖춰 입은 것도 근 한 달여 만이고, 특히 면접은 오 년도 더 지난 일이었다.

보리는 일찌감치 일어나 시간 여행자들을 깨우지 않도록 조용히 빠져나가려 했는데, 욕실에서 씻고 나왔을 때 이미 일 층엔 불이 밝혀져 있었고 세 사람은 벌써 하루를 시작하고 있었다.

언제부턴가 세 사람은 매일 아침 제 숫자를 공유했다. 오늘은 12월 23일 월요일. 율의 숫자는 3, 상은은 5, 쿠리는 7이었다.

시간 여행자들은 제 몸의 숫자가 대체 어느 시점에 변하는 걸까 궁금해했다. 처음엔 자정 기준인가 추측했으나 아니었다. 어느 하루, 율이 추위를 감수하고 제 맨 발등만 뚫어져라 바라보는 수고를 거쳐 발견한 바로는, 각자 2019년에 도착한 시간 무렵이었다. 율과 쿠리는 점심이 조금 지났을 무렵에, 상은은 느지막한 오전에. 즉 만 하루가 되는 시점인 것 같았다.

그러나 변하는 시점은 각자 달라도, 매일 하나씩 줄어드는 것만은 모두 같았다.

"먼 길인데 잘 다녀와요."

차 안에서 요기하라며 상은은 클럽샌드위치를 만들어 포장해주었다.

"떨지 말고 대충 봐요. 거기 아니라도 갈 데는 많아."

율은 작은 보온병에 인스턴트커피로 만든 라테를 담아 안겨주었다. 각자 나름의 방식으로 전해주는 파이팅이었다.

"가만히."

마지막으로 쿠리가 밖으로 나가려는 보리의 등을 커다란 손으로 홱 잡아채더니 자신을 향해 돌려세웠다. 열차 시간이 아슬아슬한데, 쿠리가 뭘 준비했을 리는 없는데. 보리는 빨리 출발해야 한다는 조바심과 혹시나 하는 궁금증이 동시에 일어났다.

쿠리는 주머니에서 단도를 꺼냈다. 소중한 물건이니 돌려 달라기에 결국 숨겨두었던 것을 내어주기는 했는데, 이런 순간에 꺼낼 만한 물건은 아니지 않은가. 보리는 침을 꿀꺽 삼켰다. 상은과 율도 당장 끼어들지는 않았으나 표정에 긴장감이 감돌았다. 쿠리는 평온하다못해 근엄하기까지 했다.

쿠리는 칼자루가 아닌 칼날 부분을 제 오른손으로 가벼이 쥐었다. 위험하니 말려야겠다는 생각이 들 틈도 없을 만큼 자연스러운 손놀림이었다. 비록 〈미미 분식〉에서는 탑에 갇힌 공주 신세지만, 쿠리의 굳은살 박인 손바닥만은 그가 본래 대단한 전사임을 그대로 증명해주었다. 그 덕분에 단도의 날은 그 손을 조금도 상처 입히지 못했다.

"눈을 감아."

그러곤 쿠리는 단도의 칼자루 끝을 보리의 이마에 가볍게 톡 갖다 대었다. 그다음은 오른쪽 볼, 다음은 왼쪽 볼, 마지막으로는 뾰족한 턱끝에 칼자루가 한 번씩 닿았다. 그후로 다른 감각이 찾아오지 않자 보리는 눈을 열었다.

"……뭐죠, 이게."

"동료를 보내는 회색사의 '다만'이다."

"다만?"

"너의 두려움은 이 칼끝을 통해 내가 전부 맡아두었다. 그러니 바깥의 무엇도 너를 상처 입히지 못할 것이다. 가라."

낯선 곳으로 떠나는 이를 배웅하는 일종의 축복 의식이라고 해야 하겠지. '다만'이라니.

보리는 웃어야 할지 울어야 할지 모르겠어서 그런 쿠리의 어깨를 한 번 꽉 끌어안아주었다. 그러곤 당황한 듯 딱딱하게 굳어버린 쿠리의 얼굴을 뒤로하고 서둘러 〈미미 분식〉을 빠져나왔다. 두려움을 모조리 가져가준다니 그건 고맙고 좋은 일이지만, 열차를 놓치게 되면 이 굉장한 '다만'이 힘을 발휘할 기회조차 없을 테니까.

"은표 왔다더라."

화면에 '엄마'가 뜨자마자 보리는 용건을 미리 짐작했다. 은표가 행남으로 돌아왔다는 엄마의 말은, 보리의 여보세요 끝에 바로 이어졌다. 면접을 마치고 돌아오는 케이티엑스 안이었다.

"은표네 엄마는 괜찮아?"

보리는 자리에서 일어나 연결 통로로 나와 목소리를 조금 키웠다. 평일 낮이라 열차 안은 한산한 편이었다.

"괜찮기는. 속이 말도 아니지. 과수원도 어떻게 될지 모른다던데. 하여간 은표 걔는 겁이 없어도 너무 없어. 세상이 어디 그렇게 호락호락해? 젊을 땐 언제까지고 운이 다 제 건 줄 알겠지만."

한동안 엄마의 긴 '맞는 말'이 이어졌다.

보리는 늘 자신만만하던 은표를 얼마만큼은 동경하기도

했기에 엄마의 연설에 완전히 동의할 수는 없었다. 은표의 편을 들고 싶진 않았지만, 엄마를 비롯해 동네 어른들이 툭하면 은표를 철없고 몹쓸 애처럼 말하는 건 싫었다. 은표의 꿈에는 보리의 꿈도 일부 겹쳐 있었다. 그 모든 걸 부정하고 싶지는 않았다.

"됐어! 운이야 있다가도 없는 거지. 없다가도 있고."

보리는 만약 병원의 접수 창구였다면 당장 대형 민원으로 이어질 어투로 엄마의 말을 막았다.

"그렇잖아. 삼십 분을 서서 골랐는데 하필 맛없는 과일만 걸릴 때도 있고 그냥 아무거나 집어 왔는데 맛있을 때도 있잖아. 아니야? 면접 수두룩하게 떨어지다가도 기대도 안 한 데 붙기도 하고. 길 가다 생판 모르는 남이 목숨 구해주기도 하고. 당장 죽고 싶다가도 왜 그랬나 싶을 때도 있고. 천하의 쫄보였다가 갑자기 겁이 없어지기도 하고. 그렇게 개연성 따위 없는 게 인생 아니냐고!"

"얘는, 왜 갑자기 화를 내니."

엄마의 말을 듣고 난 다음에야 보리는 제 목소리가 커졌다는 사실을 자각했다. 그리고 망친 면접에 대한 화풀이를 전혀 엉뚱한 방향으로 하고 말았다는 것도.

그렇다. 오늘의 면접은 역대급으로 불쾌했다. 면접관 세 명

중 한 사람이 보리의 최종 학력과, 그의 기준으로 적지 않은 나이와 결혼 가능성에 대해서 필요 이상으로 물고 늘어졌다. '보통은 이렇지 않나요?'라는 질문 아닌 질문에 보리는 원치 않는 해명을 해야 했다.

집이 가난했고, 적성에 맞는 일을 찾는 데 또래들과 다른 방법을 택했고, 연애에는 크게 관심이 없는 자신에 대해서. 그런데 마음에도 없는 웃음을 머금은 채 답변을 하면서 이건 좀 이상하다고 생각했다. 업무 능력은 지난 병원에서의 경력으로 충분한데, 이런 설명이 어째서 필요하지? 내가 나로 존재하는 당연한 일을 왜 누군가에게 증명해야 하지? 보통이 대체 뭔데? 대체 뭔데요, 그 보통이란 게?

퍼뜩 정신을 차렸을 땐, 그걸 입 밖으로 꺼내버린 뒤였다. 집요했던 면접관은 황당한 얼굴이었고 다른 두 사람은 고개를 내린 채 작게 웃고 있었다. 뒤늦게 등줄기가 짜릿해졌다. 아, 이런.

겨우 이런 일을 겪고자 새벽같이 일어나 먼길을 달려갔다니 허탈하고 허망했다. 자존심 같아선 면접비로 받은 돈봉투도 그대로 놓고 오고 싶었는데 결국 가져온 제 속물근성도 싫었다.

쿠리의 '다만'이 두려움을 필요 이상으로 가져가버린 탓인지도 몰랐다.

"왜, 무슨 일인데."

오래 입을 다물고 있자 엄마가 나지막이 물었다. 여기 아닌 다른 곳에 걱정이 있다는 걸 알아챈 목소리였다.

보리는 면접 이야기를 할까 하다가 생각을 고쳤다. 거기 아니라도 갈 데는 많다는 오늘 아침 율의 목소리를 기억했다. 그 율에게 어제 제 입으로 말하지 않았던가. 지금을 신나는 러닝타임으로 살자고.

과거를 곱씹는 플래시백은 어차피 보리가 좋아하는 스타일도 아니었다. 면접은 당분간 계속될 테고, 무례한 사람은 언제 어디서든지 또 나타날 것이다. 쓰고 떫은 과일은 도처에 있다. 그러나 아직은 모르는 미래에, 달콤한 과일을 만나는 운도 분명 있다.

보리는 이렇게 대답했다.

"시나리오가…… 잘 안 풀려서."

"시나리오?"

난생처음 들어보는 작물의 이름이라도 들은 듯 엄마가 되물었다.

"응, 진짜 내 작품으로, 시나리오 하나 쓰는데…… 도중에 이야기가 잘 안 풀려서 멈춰 있는 상태야."

드디어 말해버렸다. 누군가의 작품에 손을 보태주는 게 아니라 내 작품이 있다고. 내가 나로 존재하는 솔직한 이야기이자 꿈을.

이 정도 정보만으로 엄마가 무엇을 어디까지 상상할 수 있을지는 짐작하기 어렵지만, 한바탕 잔소리를 들을 각오도 약간은 되어 있었다. 이건 그래도 괜찮은 일이었다. 좋아하는 일이자 꿈이니까. 좋아서 그 '멈춤'이 속상했다. 그리고 이 꿈은 면접과 달리 '거기가 아니라도' 상관없는 게 아니다. 꿈의 속성에서 유일함을 빼놓을 수는 없으니까.

"그래서 좀 답답했나봐. 미안."

한참 침묵을 지키던 엄마가 물었다. 의외로 담담한 목소리였다.

"시나리오라는 게, 네가 이야기를 짓는 거야?"

"그치. 그래야 그걸 보고 배우가 연기하고 카메라로 촬영하니까."

"무슨 얘기길래."

이번엔 보리에게 침묵이 찾아왔다. 엄마에게 그런 질문을 들을 거라고, 그런 걸 엄마가 알고 싶어할 거라고는 조금도 예상하지 않았기 때문이었다. 더욱이 진심으로 궁금해하는 목소리로는.

다소 뾰족해져 있던 보리의 마음은 누그러지다못해 이젠 살짝 들뜨기 시작했다. 첫 신부터 마지막 신까지 완벽하게 암기하고 있는 〈칠 년 후의 저녁 식사〉의 줄거리를 이야기하는 건 전혀 어려운 일이 아니었다.

그러나 마음을 바꿨다. 엄마는 다른 이야기에 더 흥미를 느낄 것 같았다. 함께 살 때 티브이에서 방영해주는 특선 영화를 볼 때면 엄마의 취향은 분명했다. 현실에 단단히 발붙인 이야기보다는 낯선 상상력으로 빚어진 이야기에 엄마의 시선은 더 오래 머물렀다.

"그러니까, 시간 여행…… 얘기인데. 들어봐."

보리는 한 번 심호흡을 하고 이야기를 펼쳤다. 엄마가 먼저 물었고 서울까지 남은 시간도 넉넉했다.

어떤 식당이 있다. 동네의 사랑방처럼 오래된 작은 식당. 얼마나 오래되었는지 건물이 낡아서 곧 철거될 날짜를 기다리고 있는 식당이다.

그 식당엔 주인도 미처 모르던 비밀이 하나 있었는데, 그곳에 때때로 시간 여행의 문이 열린다는 사실이다. 냉장고 옆에 놓인 자리가 바로 그 시간의 문이다.

"근데, 식탁이 타임머신인 건 좀 시시하지 않니?"

거기까지 듣자 엄마가 끼어들었다.

"정확하게는 의자야. 등받이 없는 동그란 의자."

"식탁이든 의자든 아무튼 별로야."

그 시시하고도 별로인 게 실화라는 말은 생략하고 보리는 이야기를 계속하기로 했다.

"아무튼, 그 시간의 문으로 낯선 사람이 세 명이나 차례차례 나타난다는 거야. 첫 번째 시간 여행자가 나타났을 때 식당 주인이 엄청 기겁하는데, 자고 일어나면 한 사람이 또 나타나 있고, 다음날엔 한 명 더 나타나고 이런 식으로, 모두 세 명."

보리는 식당 안에서만 편안함을 느끼는 시간 여행자들의 특징도 이야기해주었다. 그들은 식당 밖으로 나가면 고통에 시달리기 때문에 거기에 갇힌 신세나 다름없다고.

"세상에, 안됐네."

"그 사람들?"

"아니 그 식당 주인. 대체 무슨 죄야."

"그, 그치?"

보리는 진심으로 반응하고선 이렇게 덧붙였다.

"그런데 영원히는 아니야."

그들의 몸에는 모두 14라는 숫자가 새겨져 있다고, 하루가 지나면 숫자도 하나씩 줄어든다고 보리는 마저 설명해주었다. 엄마가 물었다.

"그럼 십사 일 뒤엔 어떻게 돼? 숫자가 다 떨어지면?"

"그건……"

보리는 잠시 얼버무리며 어제 오현동에서 만난 2019년의 율을 떠올렸다.

"이렇게 생각했어. 돌아가는 거야. 원래 출발했던 시간으로."

시간 여행자들은 제자리로, 원래의 시간으로 돌아간다. 죽음에서 미끄러져 왔지만 다시 삶을 선택한다. 다만 돌아가고 난 뒤에 그 십사 일은 기억에서 지워지는 것 같다. 그게 옳다고 생각하지만 역시 다시 생각해도 마음이 좀 시리다.

"그런데 세상에 이런 일이 왜 일어나는 걸까, 아직 그걸 잘 모르겠어. 아니, 못 정했어."

"죽지 못해서 온 사람들이라며."

"그건 시간 여행자의 공통점이고, 이유 말이야. 그러니까…… 예를 들자면, 보이지 않는 힘이 그 세 명을 특별히 아끼기라도 하는 걸까? 그래서 죽음을 막아준 걸까? 아니면 무작위로 고른 세 명의 나약한 인간에게 십사 일이라는 일종의 유예 기간을 던져주고 최종 선택을 어떻게 하는지 지켜보는 악취미라도 있는 걸까? 뭐 그런 근거가 필요하지 않나 해서."

"글쎄다."

보리가 제시한 가능성들에 엄마는 심드렁하게 대꾸하더니 이렇게 물었다.

"이유에 따라서 손님이 보내는 십사 일에 차이가 생겨?"

"아닐걸?"

그건 확실히 말할 수 있었다.

"그럼 중요한 건 식당 주인이 손님들이랑 십사 일 동안 어떻게 사느냐 아니야?"

엄마는 살다보면 뜻밖의 손님은 언제든 찾아온다고 했다. 그 손님은 사람이기도 하고 사고이기도 하고 행운이기도 하고 뭐든 될 수 있다고. 하여튼 언제나 닥쳐온다고. 그럴 땐 손님이 왜 오느냐 따지는 건 별로 의미가 없다고 했다. 어떻게 맞이하면 될까를 생각하는 게 낫다면서. 왜보다는 이제부터 어떻게.

달관한 듯 말하는 엄마의 목소리를 들으며 보리는 설마 엄마가 이런 종류의 일에 대해 이미 알고 있는 게 아닌지 의심을 품으며 물었다. 시간 여행자가 셋이나 나타난 마당에 뭔들 상상해보지 못할까.

"……엄마도 그런 손님 만난 적 있어?"

"아이고, 왜 없겠어."

"누구?"

"누구긴 누구야. 이십구 년 전에 나한테 온 윤보리지."

"……"

"드물게 좋은 운이었지."

엄마는 의자를 타임머신으로 설정한 건 아무래도 별로니까 다시 생각해보라며, 시나리오가 완성되면 한번 보여달라면서 전화를 끊었다.

열차가 곧 천안에 당도할 예정이라는 안내 방송이 흘러나오자 하차할 사람들이 하나둘 객실에서 나오기 시작했다. 곧 목적지인 서울역도 머지않았다. 그러면 〈미미 분식〉과도 가까워진다. 그곳에서 보리를 기다리고 있을 율, 상은, 쿠리에게. 보리의 손님들에게.

보리는 12월 30일이 지나고 나면 엄마를 보러 행남에 들르자고 마음먹었다. 마지막 시간 여행자 쿠리의 숫자가 다하는 날은 12월 30일. 그날이 보리가 모든 시간 여행자의 배웅을 마치는 날일 테니까.

17. 붕어빵과 쿠키

"거부한다."

오늘 쿠리가 거부한 음식은 붕어빵이었다. 죽음의 상징인 '물고기' 형태를 띤 음식을 제공하는 행위는 상대를 향한 강한 적의의 표출이기 때문이라고 했다. 팥붕인가 슈붕인가는 전혀 중요하지 않았다.

서울역에서 내려 〈미미 분식〉에 돌아오는 길, 보리는 그저 따뜻하고 달콤한 것을 먹고 싶었을 뿐이다. 운좋게도, 재개발 구역으로 들어오기 전 마지막 번화가라고 할 수 있는 길 건너 코인 세탁소 근처에서 극적으로 붕어빵 노점을 발견했다.

식기 전에 함께 나눠 먹겠다는 일념으로 잰걸음으로 달려온 보리는 사 인용 테이블 위에서 붕어빵 포장을 자랑스레 북찢었다. 순간 쿠리는 고개를 돌렸다.

"어쩌다 물고기가 그런 억울한 대접을 받게 된 거야……"

맛있으니 한입만 먹어보라고 아무리 달래도 소용이 없자 율도 두 번 권하지는 않았다. 여러모로 까다로운 쿠리의 취향에 일일이 반응하지 않기로 한 것이 율 나름대로의 공존 방식이었다.

"돌이킬 수 없는 죽음의 영역에서 비참한 끝을 맞은 존재들이다. 무슨 설명이 더 필요한가."

"아주 많은 설명이 필요할 거 같은데요. 무슨 말인지 하나도 못 알아듣겠으니까."

팥이 든 붕어빵 하나를 반으로 갈라 입에 넣으며 율이 중얼거렸다. 1998년에는 본 적이 없다며 상은은 슈크림 붕어빵을 신기해하면서 우물거렸다. 쿠리의 설명이 듣고 싶은 듯 쿠리에게서 눈을 떼지 못한 채로.

보리는 괜히 눈치나 살피는 중이었다. 아침에 무려 회색사의 은총인 '다만'을 입혀 내보냈더니, 가져온 보답이란 게 '강한 적의'라니. 졸지에 은혜도 모르는 파렴치한이 되었다.

"회색사님이 사시던 곳의 바다에서는 물고기들이 많이 죽었나요?"

상은이 조심스럽게 물었다.

"바다는 없다, 주방장. 그런 이름은 이제 없어."

쿠리는 쓴웃음을 지었다.

"너희들이 바다라고 부르는 건 6500 이전 모두 죽음의 영역이 되었고 어떤 존재도 생존하지 못해."

보리는 지하 도시에서 왔다던 쿠리의 말이 언뜻 생각났다. 상은도 그걸 떠올렸는지 지하 도시에 대해 알려줄 수 있느냐고 쿠리에게 물었다.

그가 온 시대에서는 '존재'들이 땅 위에 올라가는 일은 드물다고 했다. 쿠리는 인간과 비인간 생물을 모두 합쳐 '존재'라고 불렀다. 그곳은 바다는 물론 공기도, 대지도 모두 오염되어 모든 '존재'들은 지하에 건설된 도시 단위로 자급자족하며 살아간다고 했다. 그중 가장 먼저 거대한 죽음을 맞아들인 영역이 바다였던 것이다. 이제는 '죽음의 물'이라고 불린다고 했다.

"그 상징을 내민다는 것은, 그런 의미인 거지."

쿠리가 떠나온 미래가 대체 어떤 풍경일지 보리는 짐작조차 되지 않았다. 이다지도 단단하게 보이는 사람이 다짐했던 죽음의 무게가 대체 얼마만큼인지도.

아무리 자세히 듣는다 한들 다 이해할 수 있을까. 반대로 쿠리는 과연 이 시간을 얼마만큼 이해하고 있을까. 고작 십사 일로 이해라는 게 가당키나 한 일일까. 지금을 계속 기억해주기를 바라는 건 어쩌면 지나치게 큰 욕심인지도 몰랐다.

"쿠리."

쿠리가 이름을 함부로 부르는 걸 싫어하는 걸 알면서도 율은 가끔 그랬다. 쿠리도 그런 율에게 모르는 척 져줄 때가 있었다.

"덕분에 이 붕어빵은 오늘부로 회색사의 상징이 되었다고 합니다."

이미 하나는 다 먹어치우고서 붕어빵 하나를 더 집으며 율이 말했다. 순간 쿠리의 눈매에 노여움이 묵직하게 실렸으나 율은 개의치 않고 자신의 근거를 꼼꼼하게 늘어놓았다.

"왜냐면 말이죠, 이제 앞으로 우리는 길에서 붕어빵을 볼 때마다 어쩔 수 없이, 2019년 12월 23일 여기서 투덜투덜하면서 이걸 굳이 안 먹겠다고 버티던 잘생긴 회색사를 떠올리지 않을 수 없게 되었으니까요."

쿠리는 목구멍 가득 차오르던 말을 잃어버린 것이 분명했다. 어느 시점에 자신의 노여움을 풀어놔야 할지 타이밍을 놓쳐버려서, 당혹감만이 미간에 구깃구깃 머물러 있었다.

상은은 터지려는 웃음을 애써 참으며 싱크대 뒤로 도망치는 편을 택했다.

"아…… 늦은 감이 있지만 차를 준비할까요? 크림이 상당히 다네요."

"전 옷 좀 갈아입고 싶네요. 잠깐만요."

이층 계단을 오르며 보리는 슬쩍 떠나온 자리를 돌아보았다.

사 인용 테이블에는 이제 율과 쿠리, 그리고 내용물 식별이 불가능한 붕어빵 두 마리가 남았다. 쿠리는 그것들을 한참 쏘아보다가 손을 뻗더니 한 마리를 집어 꼬리 방향을 조심스레 깨물었다. 아직 미지근하나마 온기가 남아 있을 터였다.

잘린 단면 사이로 얼핏 검붉은 내용물이 보였다. 쿠리의 선택은 팥소였다. 마치 태어나 처음으로 아이스크림을 맛본 아이 같은 그 표정을 본 사람은 율뿐만이 아니었다.

"축하 파티가 되어서 더 좋네요."

반달 모양으로 접어 양 귀를 잘 붙인 만두를 또 하나 내려놓으며 상은이 말했다.

크리스마스 전야인 오늘, 사 인용 테이블은 만두 빚는 작업대가 되었다. 저녁 메뉴가 만두전골이 될 예정이었기 때문이다. 단품 메뉴로 만두는 있었지만 전골은 분식집에서 다루기에는 상당히 본격적인 요리다. 이 명절맞이 같은 이벤트를 적극적으로 추진한 사람은 다름 아닌 상은이었다.

크리스마스 전야이니 정성스러운 음식을 먹으면 좋겠는데 무엇보다 쿠리가 언급한 '하미잔'이라는 음식이 지금의 만두와 비슷할 것 같다는 게 그 이유였다. 만두 형태의 음식은 시대와 국경을 초월해 어느 곳에나 있어왔다며, 상은은 지난번 영화 촬영 후 식사 자리에서 쿠리가 만두에 관심을 보인 이야기를 꺼냈다. 보리도 기억났다. 썩 만족스러운 기색은 아니었지만 쿠리는 자발적으로 몇 개를 먹었다.

상은이 파악한 쿠리의 취향은 슴슴한 간을 좋아한다는 것이었다. 냉동 만두는 간이 좀 강한 편이니, 우리가 직접 만들면 입맛에 맞출 수 있을 것 같다고 했다.

그리고 막 또다른 이유가 생겼다. 어제 보리가 면접을 망쳤다고 확신한 그 병원에서 방금 전화로 통과 소식을 전해왔기 때문이다. 임원 면접은 일주일 뒤인 12월 31일이라고 했다. 별일이라고 생각하면서도 거절할 이유는 없었다. 그렇게 겸사겸사 축하 파티가 된 것이었다.

"맛있게 먹고 힘내서 다음 면접도 잘 볼게요."

"하미잔이 아니라 내 다만의 효력이다."

쿠리는 냉랭한 목소리로 섭섭함을 토로하며 완성한 만두를 큰 쟁반에 내려놓았다.

쿠리는 손도 빠르고 솜씨마저 제법이었다. 요 며칠은 단도로 주방 구석에 있던 오래된 나무 도마를 깎아 작은 조형물을 만들며 시간을 죽였는데 손재주가 상당했다. 다만의 효과도 그 두려움 모르는 손길 덕분일지 모른다.

"네, 그 효력 좀 대단했어요."

"물론이지."

"그날도 다만을 받고 가면 좋을 텐데. 벌써 아쉬워요."

쿠리의 1이 사라질 날은 면접 하루 전인 12월 30일이었다.

그 순간 모두의 손이 멈추고 침묵이 찾아들었다. 보리는 자신이 빚는 만두가 그 정도로 모양이 나쁜가 싶었다. 물론 넷 중 가장 엉성한 결과물을 생산 중이긴 했으나, 결국 맛은 같으니 모양 정도야 어찌됐든 괜찮다고 상은도 격려해줬는데, 왜지?

"저, 숫자에 대해서 저희가 알아야 할 게 있는 것 같은데요, 감독님."

상은이 그 침묵을 대표로 깼다.

그제야 보리는 아차 싶었다. 숫자가 다하면 어떤 일이 벌어질지 일부러 숨기려 했던 건 아니지만 이렇게 무방비하게 말해버리려 했던 것도 아니었다. 오늘 저녁, 푸짐한 식사를 다마치고 조금은 진지한 분위기 속에서 이야기하려고 했었다.

머뭇거리는 보리를 율이 재촉했다.

"그냥 말해요, 언니. 러닝타임 다 흐르면 어떻게 되는지."

보리는 율이 왜 빨리 말하지 않느냐고 화를 낼지도 모른다고 생각했는데 의외로 침착했다. 숫자가 다하면 폭탄처럼 터진다고 말해준다 하더라도 무심하게 고개를 끄덕거릴 것만 같은 얼굴이었다. 물론 그런 비극은 아니었지만, 보리는 왠지 입이 쉽사리 떨어지지 않았다.

"설마 우리 쿠키도 없는 건 아니겠죠? 요즘 엔딩 크레디트 올라갈 때 쿠키 두 개는 기본인데."

율은 농담을 던지며 손끝으로 다시 만두피를 누르기 시작했다. 상은이 영문 모를 얼굴로 "쿠키요? 장 볼 때 쿠키는 못 샀는데……"라고 자책하는 모습을 보고서야 보리는 마음을 가다듬고서 입을 열었다.

"저는, 여러분의 숫자가 1이 되는 날이 여기에서의 마지막 날이라고 생각해요."

세 사람은 늘 그랬듯 각자 다른 리듬으로 눈을 깜빡이며 보리를 보고 있었다. 그 정도는 다들 예상하고 있을 거라고 보리도 생각했다. 문제는 다음이었다. 마지막날의 다음. 세 사람의 눈도 지금 그걸 묻는 중이었다.

보리는 더 지체하지 않고 말했다.

"그다음엔 원래 출발했던 각자의 시간대로 되돌아갈 거예요. 그러니까 펑 터진다거나, 그런 걱정은 안 해도 돼요."

마지막은 농담이었는데 보리 말곤 아무도 웃지 않았다. 이미 시간 여행이라는 말도 안 되는 일을 겪었기 때문인가, 동요를 보이는 사람은 없었다. 잠시 후 율이 물었다.

"그건 언니의 희망사항이에요? 아니면 확실한 사실이에요?"

다른 두 사람도 같은 의문이 담긴 얼굴로 보리를 보았다. 보리는 담백하게 대답했다.

"사실이에요."

"아무래도 근거가 있으실 것 같은데요."

이번엔 상은이 물었다.

"율이를 봤어요."

보리는 이야기를 이어나갔다.

"여기가 아니라 전혀 다른 동네에서요."

"……닮은 사람이 아니라?"

율의 확인에 보리는 고개를 저었다. 그건 율이 아닐 수 없었다.

"흐음."

2019년에 분명 존재하고 있는 자신의 소식에 어떻게 반응하면 좋을지 아직 율은 결정을 못 한 것 같았다. 어떤 확신이 더 필요해 보였다.

"나, 오현동에 갔었어. 이력서 쓰는데…… 주소가 남아 있더라."

보리의 고백에 율의 눈이 동그래졌다.

"내가 너를 못 알아볼 리가 없잖아. 네 목소리도."

이제는 율도 소리에 특히 예민한 보리를 잘 알고 있었다.

"잘 지내고 있는 거죠? 그 율이 씨는."

할말을 잊은 채 보리만 빤히 바라보는 율 대신 상은이 물었다.

"아마도요. 건강해 보였고, 잘 지내는 거 같았어요. 뭐……
일방적으로 지켜본 것뿐이지만요."

단순히 거짓을 말했다고 할 수는 없었다. 너는 나를 잊게
될 거야, 라는 말 대신이었다. 그 말만은 어쩐지 할 용기가 나
지 않았으니까.

"……그렇구나. 잘 지내고 있구나, 그 애는."

작게 중얼거리더니 율은 만두를 쥔 손을 다시 부지런히 놀
리기 시작했다. 상은과 쿠리도 따라 움직였다. 일이 분쯤 지
났을까. 율이 대수롭잖게 덧붙였다.

"잘됐네요. 자비로운 십사 일의 휴가가 끝났으니 진짜 저승
으로 보내는 건 아닌가 했는데. 그렇다 해도 할말은 없는 입
장이지만요."

"그럼…… 오늘은 겸사겸사 송별회도 되겠네요. 율이 씨 송

별회."

상은이 만찬의 이유를 또 하나 찾아냈다. 보리는 진작 마음에 품고 있던, 가장 중요한 이유였지만.

"그럼 이거 마무리하면 쿠키 좀 사러 갈까요? 요즘 쿠키 두 개는 기본이라면서요."

"흐음, 그게 그 얘긴 아니지만 뭐. 디저트는 있으면 좋으니까, 가요."

"팥붕 같은 것인가."

"드셔보시면 압니다."

"부디 모욕적인 생김새는 아니길 바란다."

"맛있으면 됐지, 아무튼 까탈까탈."

어느새 닮고 닮은 가족처럼 한마디씩 툭툭 주고받는 세 사람의 말소리를 들으며 보리는 잠자코 못생긴 만두를 완성했다.

붕어빵도, 쿠키도 〈미미 분식〉의 메뉴판에는 없는 것들이었지만, 나중에 이 '십사 일'을 다시 떠올릴 때면 결코 빼놓을 수 없을 것이다. 〈칠 년 후의 저녁 식사〉 시나리오에는 존재한 적 없던 이 세 사람, 그들과 함께한 이 러닝타임도.

만두전골은 뭐라 형용할 수 없이 따뜻하고 감동적인 맛이었다. 쿠리도 하미잔과 거의 비슷하다며 만족했다. 특히 상은이 고심하다 넣은 부추의 향을 마음에 들어했다. 빵집에서 공수해 온 크리스마스트리 모양의 초콜릿 쿠키는 더할 나위 없이 달콤했다. 부정할 수 없이 또렷한 기쁨들이었다.

크리스마스 아침엔 늦잠을 자고 일어나 전날 넉넉히 만들어두었던 만두를 꺼내 데워 먹었다. 다 먹었을 즈음 모두의 숫자는 하나씩 줄어들어 있었다. 율의 숫자는 셋 중 가장 작은 1이었다. 러닝타임이 만 하루 남은 것이었다.

왜인지 조금 어색해진 공기 속에서 쿠리는 달콤한 것이 먹고 싶다고 중얼거렸다. 그러자 율은 마치 기다리기라도 한 듯이 떠나기 전 한 번쯤은 진짜 솜씨를 발휘해볼까 하며 조리대 앞에 섰다.

크리스마스 오후의 디저트는 식빵을 길쭉하게 잘라 버터를 녹인 팬에 노릇하고 단단하게 구워 설탕을 하얗게 입힌 러스크였다. 네 사람 분량의 와사삭 소리가 침묵을 부수고 낮게 틀어놓은 음악처럼 크고 작은 웃음과 함께 오랫동안 이어졌다.

내일 오후가 되면, 이 풍경 안에 다 함께 있을 수 없다는 사실이 보리는 좀처럼 믿기지 않았다. 아니, 믿고 싶지 않았다.

18. 반숙 달걀프라이

율은 제 발등의 숫자 1을 한참 바라보았다. 보리는 그런 율의 등을 바라보는 중이었다. 보리에게도 발등의 숫자는 잘 보였다.

그 단순하기 그지없는 획은 율이 첫 번째 귀환자라고 말하는 것만 같았다.

제게 머무는 보리의 시선을 의식한 듯 율은 얼른 양말을 꿰신었다. 아닌 척하지만 본인도 신경이 쓰이는 것이리라. 이제 숫자가 다할 몇 시간 후에는 2017년으로 거슬러 올라가게 될 것이다.

떠나온 계절도 그리 따뜻하지 않았는데 도착했을 때 맨발이면 아무래도 좀 곤란할 것이다. 율은 촬영용 의상에서 원래 입고 왔던 제 옷으로 갈아입은 참이었다.

율은 거울에 비친 제 모습이 어색한 듯 중얼거렸다.

"두 번째 수능 보러 가던 날이랑 거의 동급이에요."

"응?"

"긴장된다고요."

그러더니 율은 이내 이렇게 덧붙였다.

"아니, 진짜 지금 2017년이라는 시험장에 다시 들어가는 거잖아. 후아."

"그런가."

의상을 상자 안에 넣으며 보리는 짧게만 대꾸해주었다. 역시 긴장되기는 매한가지였다. 면접도 이만큼 긴장되지는 않았는데, 보리뿐 아니라 〈미미 분식〉 안 모든 사람들의 말수가 줄었다. 크리스마스인 어제와 사뭇 대조적인 공기였다. 그나마 그 어색함을 이겨내고자 계속 이야깃거리를 만들어내는 사람은 율 하나다.

"도착하면 일단 폰부터 개통하고,"

율은 스스로 다짐하듯 거울 속 자신과 눈을 맞추었다.

"전화할게요. 언니한테."

그리고 거울 속에서 시선이 마주친 보리에게 약속한다는 듯 고개를 끄덕여주었다.

"근데요, 생각해보니까 2017년 10월 11일에 언니는 내가 누군지 모르니까 그땐 연락해봐야 아무래도 이상한 애나 될 것 같단 말이죠."

이어서 율은 그 나름대로 고심해 구상했을 시나리오를 풀어내기 시작했다.

"그러니까 일단 2019년까지 기다려야 될 거 같아요. 솔직히 2017년 그 시점엔 나도 그리 멋진 상태가 아니니까, 이 년 정도 진득하게 캐릭터를 잘 키운 다음에, 2019년 12월 26일 저녁에 짠 전화할게요. 잘 도착했습니다, 라고. 물론 나는 이 년하고도 두 달이나 기다린 거겠지만."

오늘의 날짜다. 보리는 하루와 이십육 개월이라는 시간을 가늠해보았다.

"아니다. 그냥 오면 되는 거 아냐? 하루 잠깐 외박하고 온 기분으로? 근거리 여행자로서 그 정도 특권은 누려도 되는 거 아니에요?"

"응, 그것도 나쁘진 않네."

보리는 시선을 내리며 작게 웃었다. 그런 일은 벌어질 수 없다는 걸 알고 있으면서, 눈을 마주한 채 모르는 척하기는 조금 힘들었다.

"정말이라니까요. 가볍게 먹고 싶으니까."

율이 늦은 점심으로 정한 마지막 식사는 역시 메뉴판에 없는 것이었다.

간장달걀밥. 작은 버터 한 조각을 사치스럽게 곁들인.

"그래도 어쩌면 이게…… 마지막인데."

상은은 주방장으로서 영 탐탁지 않은지 자꾸만 고개를 흔들어댔다. 구리가 물었다.

"그렇게 형편없는 음식인가."

"그건 아니지만."

따끈한 흰쌀밥과 부드러운 달걀, 짭조름한 간장과 고소한 버터. 도무지 맛이 없기 힘든 조합이다. 그러나 다른 재료가 없는 것도 아니고 누군가를 위한 마지막 식사로 내놓기에는 지나치게 간편식이라는 데 보리도 동의했다.

이번엔 율이 콧등을 잔뜩 찡그린 채로 고개를 저었다.

"주방장님, 설마 벌써 잊은 건 아니길 바라요."

"예?"

"시간 뛰어넘을 때 그 지독한 멀미요. 돌아갈 때도 안 그런다는 보장은 없거든요? 그러니까 최대한 가볍게 먹을래요. 그래도 이왕이면 좋아하는 걸로."

그 말을 들은 다음에야 상은은 주문을 순순히 접수했다.

대신 율은 달걀을 익히는 방식에 대해서만은 까다롭게 굴었다. 흰자는 끈적한 점성이 남지 않도록 말끔하게 잘 익히

되, 노른자만은 날것의 질감을 생생하게 살린 반숙 달걀프라이를 원했다. 모양도 예쁘면 더 좋겠다고 했다.

보리는 제 귀를 의심했다. 그게 되나? 보리에겐 잘 익힌 레어 스테이크, 아니면 따뜻한 아이스 아메리카노 같은 주문이나 마찬가지로 들렸기에.

게다가 손끝이 야무지지 못한 보리에게 반숙 달걀프라이란 처음부터 불가능한 주문이었다. 팬 위에서 달걀을 뒤집을 때면 노른자는 어김없이 툭 터졌고, 그래서 보리는 언제부턴가 처음부터 끝까지 잘 익힌 달걀프라이만 먹는 데 익숙해졌다.

율에게 평소 그렇게 달걀을 익힐 줄 아는 거냐고 물었더니 그렇진 않다고 했다. 열 번 중에 아홉 번은 실패한다고. 그러니까 이번에 셰프 찬스를 쓰는 거라고. 상은은 기꺼이 가능하다고 했다.

"사회 초년생일 때 조식 뷔페에서 달걀만 구운 적이 있어요. 손님들 요구 사항이 상상을 초월하게 다양하거든요."

간단하게 분류하면 스크램블드에그부터 오믈렛, 반숙, 완숙 정도로 나눠지만, 잘게 부수는 정도, 익히는 정도, 들어가는 소금, 후추의 양에 따라 다양했다. 거기에 채소 또는 버섯 등의 부재료를 더하기도 하고, 심지어는 흰자, 또는 노른자만 원하는 손님도 있었다. 달걀 요리는 손님이 마음먹은 만큼 다

채롭게 다른 결과물이 되었다.

"율이 씨 주문은 시간이 약간 더 필요한데요. 뒤집어서 겉면만 센 불에 살짝 익혀주는 방법도 있지만, 터뜨릴 가능성이 아예 없지 않고 무엇보다 모양이 좋지 않아서요. 한쪽을 충분히 익힌 다음 팬 뚜껑을 닫아서 그 내부의 열로 흰자를 마저 익혀주면 식감도 더 좋고 노른자도 생생해서 저는 그 방법을 제일 선호하는데, 어때요?"

"응, 기다릴게요. 마지막 주문이니까."

처음 요리를 해주었을 때 노른자의 익힘 정도를 절묘하게 조절한 삶은 달걀도 놀라웠는데, 역시 전문가는 달걀 한 알로도 완전히 다르구나. 보리는 제대로 실감했다.

곧 따뜻한 흰쌀밥 위에 작은 버터 조각, 그리고 주문대로 구워진 반숙 달걀프라이가 올라간 요리가 사 인용 테이블 위에 놓였다. 모두 같은 메뉴였다.

"잘 먹겠습니다."

이미 달걀프라이 아래에서 버터는 섞기 좋을 만큼 부드럽게 녹아 있었다. 율은 만족스러운 얼굴로 노른자를 톡 터뜨려 간장 한 스푼을 넣고 슥슥 젓기 시작했다. 쿠리도 따라서 숟가락을 움직였다. 퍼져 나가는 냄새에 벌써 입맛이 당겼다.

시간은 없고 마음은 급한데, 딱히 먹고 싶은 것도 떠오르지 않을 때 속을 채우려고만 먹던 메뉴인데, 이렇게 맛있을 수도 있네. 보리도 이 맛이 새삼스러웠다. 한 숟가락 밥을 커다랗게 떠 입에 넣은 뒤로 쿠리는 '음' 소리만 반복하며 식사를 이어나가고 있었다. 어쩌면 만두보다 간장달걀밥이 입맛에 더 맞는 건지도 모르겠다. 다른 때보다 비교적 빠르게 식사를 마쳐갈 무렵 율이 쿠리에게 물었다.

"어때요. 나의 탁월한 메뉴 선택에 대한 회색사의 평가는?"

"나쁘지 않다. 타온과 비슷하다."

평소와 다름없는 덤덤한 말투였으나, 쿠리만이 아는 요리가 함께 언급되었으니 최대의 칭찬임을 이제는 모두 알았다. 득의양양해진 율이 쿠리에게 부탁했다. 거절의 가능성은 조금도 고려하지 않은, 그야말로 화창한 얼굴이었다.

"그럼 나도 다만 해줘요!"

"안 돼."

그러나 쿠리의 대답은 가차없었다.

"왜?"

"다만은 다시 이 자리로 온전하게 돌아오라는 기원이다. 그러니, 네겐 해당하지 않는다."

여기엔 율도 반박의 여지가 없었다. 말을 잃은 율에게 쿠리는 주머니를 뒤적여 무언가를 꺼내 내밀었다. 손가락 한 마디보다 작은 물고기 모양의 조각이었다. 도마를 깎아 만든 것이었다.

"대신 이걸 주지."

"강한 적의잖아."

"아닌 것을 네가 가장 잘 알지 않는가."

율의 짓궂은 농담에 응수하는 쿠리의 입가에는 잔잔한 미소가 걸려 있었다.

작은 조각품은 줄에 걸 수 있도록 끝에 작은 구멍까지 섬세하게 뚫려 있었다. 펜던트로 쓸 수 있을 것 같았다. 율은 손으로 물고기를 가만히 감싸쥐었다.

이왕이면 완전하게 해서 보내주고 싶은 마음에 보리는 율을 멈춰 세웠다.

"어쩌면 줄로 쓸 만한 게 있을 것 같은데 좀 찾아볼까. 잠깐만 기다려봐."

"언니."

자리에서 일어나는 보리의 손목을 율이 잡아당겼다. 그러곤 아침에 제 발등을 바라보던 것처럼 보리의 눈을 오래 응시했다. 할말이 있었는데 잊어버리기라도 한 사람처럼.

"아니에요."

손목을 놓으며 가볍게 웃고 마는 율이 싱겁다 생각하며 보리는 위층으로 올라갔다. 평소에 액세서리를 잘 걸치지 않아 제대로 된 줄은 없지만, 그래도 뒤져보면 마땅한 게 있을 것이다. 짐과 생활 소품, 촬영용 소품 상자까지 살펴서 보리는 부드러운 인조 가죽끈을 하나 발견했다.

"찾았다."

이대로는 조금 길지만 매듭을 지은 다음 남는 부분을 잘라내면 될 터였다. 보리는 무릎을 펴고 일어났다. 아래층으로 다시 내려가기 위해 문지방을 막 넘기 직전이었다.

우르릉.

한동안 잊고 지내던 진동 소리와 함께 바닥이 떨렸다. 보리는 그 자리에 그대로 멈췄다.

본능적으로 몸이 굳어진 보리는 잠시 그 상태로 있다가 천천히 뒤를 돌아보았다. 지난 이 주간 그랬던 것처럼 조금 어수선하고도 생활감이 물씬 풍기는 방. 똑같았다. 그러나 아주 쉬운 난이도의 다른 그림 찾기처럼, 달라진 부분도 금세 눈에 들어와버렸다.

보리는 아랫입술을 꼭 깨물었다. 아래층에서 무슨 일이 일어났는지 내려가 보지 않아도 알았다. 율의 백팩이 사라졌다. 창문 아래 놓여 있어야 하는 그 백팩이 없었다. 얼마 전 창가로 자리를 옮겨 말려둔 장미꽃도 보이지 않았다.

겨우 작은 가방 하나, 꽃 한 송이 없어졌을 뿐인데 지붕에 커다란 구멍이라도 뚫린 듯 몸이 서늘해졌다. 여기서 움직여 아래층으로 내려갔다가는 그 구멍이 더 커지고 벌어질 것만 같아서, 보리는 잠깐 자기 자신을 꼭 붙들었다.

그러고 보니 율이 처음 도착했던 날도 점심이 조금 지났을 때였다. 시간이 다 되었을 뿐이었다. 율의 러닝타임이 끝났다.

"감독."

얼마나 시간이 흘렀는지, 쿠리의 목소리가 들린 다음에야 보리는 정신을 차렸다. 계속 내려오지 않아 먼저 확인하러 올라온 것이었다. 곁엔 상은도 있었다.

"이건 너에게 줘야 할 것 같다."

차분하게 입을 열어 말하며 쿠리가 제 손에 쥔 물고기 펜던트를 보여주었다. 백팩과 장미꽃처럼 율과 함께 가지 못하고 남았다. 여기의 물건이니까 그게 맞을지도 모른다.

보리는 떠나면서 인사는 남기지 않았어요? 두 사람이 잘 배웅해줬죠? 묻고 싶었지만 목소리가 나오지 않아 고개만 작게 끄덕였다.

"고맙다고 했어요."

상은이 말했다. 나타날 때처럼 사라질 때도 갑자기라서, 모두 경황이 없었다고 했다. 그런 순간, 가장 먼저 떠오르는 말은 그게 유일할 것이다. 그 자리에서 그 말을 들었다면, 보리도 아마 똑같이 대답해주었을 것이다.

나도 고마워, 라고.

괜히 눈물이 떨어질 것만 같아서 힘주어 뜨고 있던 눈꺼풀을 보리는 서서히 닫았다 열었다. 숨을 깊이 들이마셨다 내쉬었다. 벌써 그리운 얼굴을 떠올리며 보리는 미소를 머금었다.

"멀미나 안 했으면 좋겠는데요, 그쵸."

보리에게 스크린을 떠난 주인공을 향한 당장의 바람이 있다면 그것 하나였다.

보리는 다시 아래층으로 내려갔다.

사 인용 테이블에는 간장달걀밥을 먹고 난 빈 그릇이 그대로였다. 그리고 넷 중 율이 앉아 있던 원형 의자만 바닥에 넘어져 있었다. 누군가가 떠났다는, 아니, 굉장한 출발을 했다는 흔적을 남겨놓기라도 한 듯이. 왔을 때와 다르게 돌아갈 때의 문은 사 인용 테이블의 이 자리인 모양이었다.

보리는 그 의자를 일으켜 세운 다음 테이블을 정리하기 시작했다. 율의 몫이었던 빈 그릇의 안쪽 면에 반숙 달걀의 선명한 노른자 흔적이 남아 있었다. 꿈도 영화도 아니었음을 증명하는 또렷한 서명처럼.

앞으로 이맘때가 되면 눈의 하양도, 크리스마스 장식의 빨강이나 초록도 아닌, 이 따뜻한 노랑이 아마 가장 먼저 떠오르고 말 것이다.

19. 달 크로켓

깜빡 잠이 들었다 깼지만 다시 잠을 이루기 힘든 밤이었다. 멀리서 문이 작게 달칵거리는 소리가 지속적으로 들려오고 있었다. 출입문이 바람에 흔들리면서 새시에 부딪치는 소리 같았다.

새벽 세시에 가까운 시각이었다. 보리는 몇 번 뒤척이다 불을 켜고서 담요를 두 장 챙겨 아래층으로 내려갔다. 아까 위층으로 올라오기 전 문단속은 제대로 해두었다. 보리가 아니라면 〈미미 분식〉의 입구를 열어둘 사람은 이제 한 사람밖에 더 없었다.

보리의 예상대로 출입문은 열려 있었다. 하늘의 오른쪽으로 등을 기댄 초승달이 제빛을 뽐내고 있었다. 맑은 밤이었다. 마지막 시간 여행자인 쿠리는 처음 왔을 때의 옷차림으로 문가에 의자를 끌어와 앉아 밤하늘을 올려다보는 중이었다.

의자 다리 한쪽에는 손가락 한 마디만 하게 뜯어낸 청테이프 두 줄이 붙여져 있었다. 미처 다 밀착되지 않은 청테이프 끝이 바람에 파르르 떨렸다. 나흘 전 율이 떠났을 때 표시해둔 것 하나, 그리고 이틀 전 상은이 떠났을 때 표시해둔 것 하나.

그 의사나.

처음엔 상은의 생각이었다. 율이 떠난 후 덩그러니 놓인 원형 의자를 아쉬운 듯 보던 상은이 뭔가 흔적 삼아 표시를 해둘 게 있느냐기에 보리는 고민할 것도 없이 청테이프를 내밀었다. 청테이프는 영화 현장에서 모든 표시를 위한 필수품이었다.

보리는 손으로 청테이프를 뜯어 배우가 서는 위치를 표시하듯, 그 의자 다리에 한 가닥을 붙였다. 그렇게 해두니 다리만으로도 다른 의자들과 구분되었다.

그리고 28일 오전 상은을 배웅하고서 보리는 넘어진 의자에 두 번째 청테이프를 붙였다. 날이 밝고 나면, 이 의자는 이제 쿠리를 태워 떠나보낼 것이다.

쿠리는 마치 열차 시간이 아직 한참 남은 적막한 플랫폼에서 홀로 대기 중인 승객 같았다. 보리는 가져온 담요 하나를 그의 등에 덮어주었다. 출입문 안쪽이라 통증은 없을 테지만 들어오는 바람까지 막아지는 건 아니었다.

"내가 깨웠는가."

놀라지도 않고 담요 끝을 여며 쥐면서 쿠리가 물었다.

"어쩌면요."

보리도 의자를 하나 끌어와 쿠리의 곁에 나란히 앉아 담요를 둘러 걸쳤다. 바람은 차가웠지만, 까만 화면 위의 엔딩 크레디트처럼 밤하늘의 선명한 달은 아름답기만 했다.

"잘됐군. 무료했는데."

환영한다는 의미로 알아듣고 보리도 이 기다림에 함께 머물러주기로 했다.

"달은 회색사님네 말로 뭐라고 해요?"

"달이라고도 하지만 '람'을 더 많이 쓴다."

"그럼…… 거기선 어쩌면 람을 자주 보기는 어려웠겠어요."

지하 도시를 거점으로 살아간다면, 하늘의 달은 당연히 흔한 풍경이 아니었을 거라고 보리는 짐작했다.

"그렇지. 하지만 여기에 오기 전 보았던 마지막 풍경이기도 해."

어떻게요? 라고 물으려다 보리는 말을 삼켰다. 달을 보았다는 건 쿠리가 지상으로 올라왔다는 의미였다. 그곳에서 지상이란 죽음의 영역이었다.

"지금 보는 람이, 눈에 담는 마지막 상대다 결정하고 죽음의 물에 몸을 던지려 했지. 그게 무거운 책무에서 내가 비겁하게 도망친 방법이었다."

조명 같은 달 아래에서, 제 마지막에 대한 쿠리의 뒤늦은 고백이 들려왔다. 담담한 목소리였지만 헤아릴 수 없는 무게가 담겨 있었다. 쿠리는 달을 응시하는 시선을 거두지 않았다.

보리에게 회색사의 삶이란 도무지 짐작하기 어려운 영역이었다. 하나 분명한 것은, 영화 현장을 이끄는 것과는 비교할 수 없는 중압감일 테다. 어설픈 위로나 격려는 소용없을 것 같았다. 차라리 솔직함이 더 어울리는 밤이었다.

"그 고통이나 부담을 내가 다 이해하기는 무리겠죠"

보리의 말에 쿠리는 낮게 웃으며 이렇게 말했다.

"이해는 환상이야, 감독. 살아 있는 존재라면 그저 발견을 멈추지 않을 뿐이지."

알 듯 말 듯 한 말이었다. 다만 보리는 묻고 싶었다. 원래의 시간으로 돌아갔을 때 맞닥뜨리게 될 발견이 두렵지는 않느냐고. 지금 불투명한 미래만을 앞두고 있는 자신이 그러한 것처럼.

"내가 도착한 이래 사라질 듯 계속 가늘어지기만 하더니, 이제는 차오르기 시작하는군."

다시 쿠리의 목소리가 들려왔다. 시선은 여전히 밤하늘에 있었고, 달 이야기였다.

그 말대로였다. 쿠리가 〈미미 분식〉에 막 도착했을 땐 보름달에 가까운 하현달이었을 텐데 점점 기울어 부피를 줄였다가 이제 다시 초승달이 되어가는 중이었다.

"응. 그믐을 지났으니 다시 점점 차오를 거예요."

그러다 샛노랗고 동그란 보름달이 될 것이다. 두려움에 대한 건 넣어두고 보리는 다른 걸 묻기로 했다.

"회색사님, 좀 출출하지 않아요?"

뭔가를 먹을 시간이 아니라는 것쯤은 자기도 안다는 듯 쿠리는 보리를 바라보았다.

"제가 좀 만들어볼게요."

"네가? 음……"

표정이 못 미더워 보였다. 쿠리는 음식의 모양이나 플레이팅도 아주 중요하게 생각하는 사람이었다.

"주방장님이나 율이만은 못하겠지만, 우리 야식 먹어요. 아, 물론 회색사님도 도와줘야 해요. 좀 더 음식다운 음식을 드시고 싶으시다면 말이에요."

아직 남은 새벽이 길었다. 보리는 일어나 주방으로 향했다. 두 사람이 돌아간 뒤로는 냉장고를 그리 넉넉히 채워두진 않았지만, 남은 두 사람의 몫으로는 충분한 식재료가 있었다.

바로 감자였다.

보리는 감자 껍질을 벗겨 상한 부분은 잘라내고 큰 냄비에 삶아 으깼다. 그사이 양파와 당근을 다지는 일은 쿠리에게 부탁했다. 으깬 감자와 다져서 볶은 채소를 섞고 둥글납작하게 뭉쳐 밀가루와 달샅물, 빵가루를 차례로 입혔다. 마지막으로 기름을 넉넉히 둘러 예열한 팬에 정성껏 튀겼다. 고소한 기름 냄새가 분식집 안에 진동하기 시작했다.

만두만큼은 아니어도 손이 제법 가는 요리다. 그만큼 깊이 몰입해 정성껏 즐겁게 만들었다. 모양도 색도 보름달을 닮은 크로켓.

사 인용 테이블에 마주앉아 바삭하게 완성된 크로켓을 한 입씩 깨물자, 두 사람에게서 번갈아 뜨거운 입김과 함께 성공이라는 의미를 담은 웃음이 터져 나왔다. 어떤 식재료든 튀김을 해버리면 맛있지 않을 수 없었지만, 더없이 충만하다고 해도 좋을 이 맛의 이유가 겨우 그것만은 아닌 것 같았다. 보리와 쿠리는 대화도 한마디 없이 몇 개를 연달아 먹은 다음에야 젓가락을 놓았다.

"나쁘지 않구나. 감독."

"아, 이 칭찬을 모두가 같이 들었어야 하는데!"

"오래 기억할 맛이었다."

요리 초보에겐 최고의 찬사였다. 이왕이면 영화로 그런 평가를 받는 날이 오면 좋겠다고도 생각했다. 하지만 미래란 알수 없다. 삶은 주기적으로 기울고 차오르기를 반복하는 달과는 다르다.

그래서인지 오래 기억하겠다는 쿠리의 말도 고맙지만 덧없이 들려왔다. 보리는 문득 이 사람에게만은 솔직히 털어놓고 싶어졌다. 서로 닿을 수 없는, 아득한 미래에게라면 괜찮을 것 같았다.

"그럴지도 모르지만, 아닐지도 몰라요."

"무슨 뜻이지."

"아마도 회색사님은…… 크로켓도 저도 여기도 모두 잊어버릴 거예요."

그 말에 쿠리는 보리를 빤히 바라보았다. 그리 놀란 모습은 아니었다. 덕분에 보리는 오현동에서 만났던 율에 대해서 침착하게 말할 수 있었다. 멀리서 바라본 게 아니라 서로 대화를 나눴고, 그럼에도 율은 보리를 전혀 알아보지 못했던 그 상황에 대해서.

이야기를 다 듣고 난 다음, 쿠리는 다시 젓가락을 쥐고 새 크로켓을 하나 더 집으며 이렇게 물었다.

"그렇다면, 너도 우리를 잊게 될까?"

"네?"

순간 보리는 되묻지 않을 수 없었다. 당연히 어떤 대답을 기대해서가 아니라, 그건 미처 생각해보지 않았던 문제였기 때문이다.

보리는 한입 베어 문 자국이 남은 크로켓을 내려다보았다. 어쩐지 다시 집을 엄두가 나지 않았다. 망각은 시간 여행자들의 몫이라고만 여겼다.

그때 보리를 깨우듯 다시 바삭, 하는 소리가 알람처럼 울렸다.

"일단 맛있게 먹자고, 감독. 아직 따뜻하니까."

쿠리가 크로켓을 베어 물며 말했다.

"여기도 아직 그거 아닌가. 뭐지. 그거. 음……"

단어가 생각이 나지 않는 모양인지 쿠리는 크로켓을 우물거리면서 연신 뭐지, 뭐지 중얼거렸다.

"감독이 영화라는 데서 쓰는 말이었는데."

하지만 어떤 단어를 말하고 싶은지 보리는 충분히 알 것 같았다. 아직 따뜻한 크로켓. 그리고 아직 쿠리의 몸에 남아 있는 숫자 1, 그리고 아직 함께 있는 시간 여행자와 보리.

"러닝타임이요."

"그래. 그거. 맞아."

나름대로 요란했던 야식 덕분에, 시간 여행자와의 마지막 새벽은 그리 적막하지 않게 흘러갔다.

달이 자취를 감춘 다음에도 쿠리는 파란 하늘을 오전 내내 눈에 담았다. 잊게 될 거라는 사실을 말했는데도, 그 하늘의 색깔을 제 눈에 통째로 옮겨 담기라도 할 것처럼 오래 바라보았다.

얼마 후 두 줄의 청테이프가 붙은 의자에 우르릉 진동이 찾아왔을 때 더 놀란 사람은 테이블에서 꾸벅꾸벅 졸고 있던 보리였다. 출입문에 비스듬히 기대 하늘을 바라보던 쿠리는, 진동을 확인하자마자 기다리던 열차에 오르듯 걸음을 옮겨 테이블 앞에 놓아두었던 그 의자에 앉았다.

두 사람은 서로 마주앉은 모양이었다. 하지만 이내 피어오르기 시작한, 커다란 생물이 뱉어낸 입김 같은 흰 기체는 쿠리의 모습만을 서서히 엷게 지워나갔다. 요란한 진동 소리에 목소리가 묻혀버리기 전에, 그리고 쿠리가 완전히 보이지 않게 되기 전에 보리가 힘주어 말했다.

"잘 가요. 회색사님."

"응. 감독도. 두려움 없이."

의자는 결국 제 흔들림을 주체하지 못하고 중심을 잃고 넘어져 바닥을 뱅그르르 돌았다. 새로운 방향을 가늠해보는 나침반을 닮았다고 보리는 생각했다.

　모든 진동이 잦아들자 보리는 세 번의 출발을 마친 그 의자를 다시 일으켜 세웠다. 그리고 청테이프로 세 번째 줄을 만들어 붙였다.

에필로그: 이 년 후의 점심 식사

"저 다녀올게요."

굳은 어깨를 기지개로 길게 한 번 켜고 보리는 책상에서 일어났다. 오늘은 늦은 점심 조라서 한 시 삼십 분이 되어서야 식당으로 간다.

"맛있게 먹고 와, 보리 씨."

"오늘 새싹비빔밥이랑 맛탕이야. 별은 세 개."

"응, 맛탕은 너무 달더라."

먼저 다녀온 팀원들이 신랄하게 오늘의 메뉴를 품평해준 덕분에 보리는 적당한 기대치만 가지고 직원 식당으로 향했다.

감염 예방을 위해 거리를 두고 앉다보니 원래 다 같은 열두 시 삼십 분에 먹던 점심도 시간을 배분해 세 개의 조로 나눠서 교대로 먹게 되었다.

보리는 한 시 삼십 분 조로 지내는 주간이면 남은 기력이 없어서 힘들었는데 지금은 그 리듬에 익숙해졌다. 벗을 일이 없는 두터운 방역 마스크, 어디든 드나들 때 필수가 되어버린 발열 체크, 그리고 직원들은 매주 일 회 필수적으로 받아야 하는 신속 항원 검사도 그랬다. 낯설고 불편해도 사람은 적응의 동물이라고, 결국은 패턴에 석낭히 익숙해진다.

지난 이 년은 세상의 시간이 통째로 정지하기라도 한 듯했다. 전례 없던 감염병과 함께 살아가기는 모두에게 커다란 시험이었는데 보리에겐 2020년 새해, 이 병원 입사와 거의 동시에 벌어진 일이었다.

보리의 영화도 여전히 멈춤 상태였다. 새 일터에 자리가 잡히고 나면 다시 시동을 걸어볼 계획이었는데 마음뿐이었다. 비상시국이니 자유롭게 연차를 쓰는 것도 무리였고, 무엇보다 여럿이 한 공간에 모이는 일 자체를 피해야 했으니까.

지난 주말 태오가 이제 방역 지침도 완화됐으니 다시 작업해도 좋지 않겠냐고 연락을 해왔다. 하지만 점점 우선순위에서 멀어졌던 만큼 보리는 다시 시작할 엄두가 나지 않았다.

은표의 잠적으로 영화가 엎어진 후, 회수한 제작비의 절반은 고스란히 후원자들에게 돌려주고 공식 사과로 마무리했다. 재취업과 나란히 시작된 감염병 시국. 병원은 방역 지침에 따라 바뀌는 환경에 가장 먼저 적응해야 하는 조직이었고,

보리도 병원 근무자였으니 그걸 따라가기만도 버거운 기간이었다.

그리고 무엇보다 로케이션지였던 〈미미 분식〉이 철거되어 사라졌다는 사실도 어떤 일단락처럼 느껴졌다. 촬영은 무산되었어도 한 달가량 머물며 겸사겸사 취업 준비도 했고, 태오가 봉사하는 고등학교 동아리의 촬영도 도우며 나름대로 재충전 기간을 가졌던 그곳이 이제는 없다.

겨우 한 달 빌려서 머문, 이전엔 모르던 낯선 장소였을 뿐인데, 철거 사실을 몰랐던 것도 아닌데, 이 애틋함이라고 해야 할지 허전함이라고 해야 할지 모를 불분명한 마음은 대체 뭔지. 보리 스스로도 이해하기 어려웠다.

그래서 핑계라면 핑계지만 영화는 정말, 전생의 일처럼 까마득했다. 그걸 그렇게나 좋아해서 제 손으로 만들고자 했던 걸 믿기 어려울 만큼. 결국 태오에게는 조금만 더 기다려달라는 대답밖에는 못했고, 주말 내내 마음이 찌뿌둥했다.

가장 바쁜 시간을 지나 보낸 직원 식당은 한산했다. 배식대에 도착한 보리는 식판에 비빔밥 그릇을 올리고 각종 채소를 잔뜩 담았다. 팀원은 별로라고 평했던 맛탕도 가득 펐다. 오늘은 다른 날보다 내원객이 많아서 말을 더 많이 했고 그만큼 더 기운을 쏟아야 했다. 무엇보다 마스크로 얼굴 절반을 가리고도 모자라, 투명 가림막을 가운데 두고 소통하는 게 이 시기의 가장 어려운 일이기도 했다.

아무튼 잘 먹어둬야 오후도 버틸 수 있었다. 서로를 가르는 몇 겹의 벽에 지지 않고.

"달걀프라이 드릴까요?"

드디어 마스크를 벗고, 양념장을 한 숟가락 가득 넣어 밥을 비비려는데 머리 위에서 낯선 목소리가 들려왔다. 고개를 드니 조리복을 입은 직원이 한 손에는 작은 쟁반을, 다른 한 손에는 뒤집개를 들고 서 있었다.

그러고 보니 아까 배식대에 반찬 칸이 하나 비어 있었다. 지금 막 달걀프라이를 마저 채우고서, 미처 못 가져간 사람들을 위해 조리사가 다니며 직접 건네주는 모양이었다.

사소하지만 생각하지 못한 행운이었다. 12월로 들어서면서 병원 실내 곳곳에 크리스마스 장식이 더해졌는데, 조리사의 어깨 너머로 벽에 걸린 리스 장식이 보여서 크리스마스 이벤트처럼 느껴지기도 했다.

"와, 감사합니다. 큰 걸로 주세요!"

"그럼요. 반숙으로 드릴까요, 완숙으로 드릴까요?"

이 거대하고 바쁜 병원 식당에서, 그것도 환자 아닌 직원에게 그런 사치스러운 선택이 가능하단 말이야? 마침 늦은 조라, 약간은 한산해진 식당에서 경험할 수 있는 특권인가? 의외의 크리스마스 선물 같은데.

보리는 어쩐지 기분이 좀더 좋아졌다. 이런 캄캄한 시기엔 선택할 수 있는 일보다, 별수없이 따라야만 하는 일들이 더 많은 법이니까.

"반숙이요."

선한 눈매의 머리가 희끗한 남자 조리사는 달걀프라이 하나를 보리의 그릇으로 덜어주었다. 노른자의 형태가 선명하게 살아 있는 반숙 달걀프라이였다. 섬세한 손길 덕에 예쁜 모양 그대로 그릇까지 무사히 안착했다. 몸동작이 부드러운 이 조리사가 직접 구워냈을 것 같다고 보리는 생각했다.

"감사합니다. 뭔가 크리스마스 특집 같아요."

"맞아요. 내일모레가 크리스마스라 조금 여유 있는 시간에 사치를 부려보았습니다."

"역시."

"좋아해주는 분이 계시니, 저도 좋네요."

"그래도 바쁘실 텐데, 무리하시진 마세요."

조리사는 원래 작은 비즈니스호텔에서 오래 근무하다 정년을 맞았는데, 그게 어디든 아직은 주방을 떠나고 싶지 않아 여기에 재취업한 거라고 했다. 그러니까 무리가 아니라 즐거운 일이라고.

보리는 어쩐지 이 사람의 목소리가 친숙하게 느껴졌다. 웃을 때 눈 아래 패는 보조개도. 처음 보는 데다 나이 차가 큰데도 대화가 상당히 편안했다.

"그럼 맛있게 드세요."

다른 직원을 찾아 나서는 조리사의 등을 보리는 오래 바라보았다. 마스크나 가림막 같은 것과는 다른 무언가가 둘 사이에 있는 것만 같은데, 그걸 걷어내면 기억이 날 것도 같은데 아무리 오래 쏘아보아도 안개가 낀 듯 희미하기만 했다.

비슷한 기분에 사로잡힐 때가 또 있었다. 바로 탈의실에서 사물함을 여닫으며 열쇠고리에 매달려 흔들리는 물고기 모양의 펜던트를 볼 때였다. 퍽 마음에 드는 디자인인 건 맞는데, 어디서 났는지는 아무리 오래 바라보아도 도무지 기억나지 않았다.

이번에도 결국 기억을 더듬어보려는 노력은 접어두고, 보리는 다시 숟가락을 들었다. 좋아하는 반숙 달걀프라이를 가져다준 그 마음만 고맙게 간직하기로 했다. 그리고 밥을 먹고 나면 근무에 복귀하기 전, 태오에게 전화를 걸어봐야겠다고 생각했다. 무리가 아니라 즐거운 일이라는 조리사의 말이 선명한 노른자처럼 마음속에서 떠나질 않았기 때문이었다.

이번엔 성발 〈칠 년 후의 저녁 식사〉를 찍게 될지도 모르겠다.

아마도 올여름, 조금은 긴 휴가를 내서.

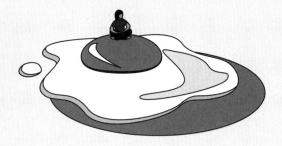

좋아하는 영화를 몇 번이고 다시 보는 습관은 아마 저만의 것은 아닐 거예요. 생애 단 한 번 보는 작품이 더 많기는 하겠지만, 어떤 영화는 한 세월에 걸쳐 손에 꼽을 수 없이 여러 번 보기도 합니다.

이다음에 어떤 대사가 오는지, 인물이 어떤 표정을 짓는지, 다음 신은 장소가 어디인지, 심지어 반전도, 마지막 신의 디테일까지 다 기억하면서도 또 보는 그 마음은 뭘까.

여전히 잘 모르겠습니다. 어쨌든 다시 봐도 어느새 빠져들어 있다는 공통점 말고는요. 물론 그 몰입의 형태가 조금씩은 다 다르지만요.

몇 번을 보는지 일부러 세지는 않지만 횟수를 정확히 기억하는 영화가 하나 있습니다. 바로 〈제리 맥과이어〉인데요. 저는 이 영화를 90년대에 한 번, 00년대에 한 번, 10년대에 한 번, 그리고 올해 다시 한번, 어쩌다보니 십 년대 단위로 보았어요.

90년대의 제게 사실 이 영화는 크게 와닿지 않았어요. 로맨스로만 한정해도 그 무렵엔 〈가위손〉이나 〈사랑의 블랙홀〉 〈첨밀밀〉이 훨씬 큰 감격을 줬거든요. 그런데 시간이 조금 흘러서 두 번째 봤을 땐 제리의 성장에 몰입해 보았고, 세 번째로 봤을 땐 왜인지 도로시와 덩달아 울고 있었어요. 네 번째 봤을 땐 이 영화가 말하는 삶의 면면이 정말 그렇네 싶어 몇 번을 작게 웃었고요.

같은 영화이고 같은 관객인데, 때마다의 나는 달랐던 이 기묘한 경험은 마치 시간 여행과도 닮아 있다는 생각이 들었습니다. 심지어 처음과 두 번째의 관객은 이미 스스로에게도 가물가물해진 기억의 낯선 존재인 것도 좀 생경하고요.

그래서 앞으로도 십 년에 한 번씩은 〈제리 맥과이어〉를 챙겨 보면 어떨까 해요. 그때의 나는 이 영화에서 무엇을 보고 있을지, 어떤 사람일지, 무엇을 잊고 무엇을 기억할지 조금 궁금해졌거든요.

처음 이 소설은 서로 다른 시간대에서 온 사람들이 한 공간에 모여 보내는 얼마간의 시간이라는 아이디어에서 출발했습니다. 동시대를 평생에 걸쳐 살아도 '공존'이란 어려운 과제인데 하물며 다른 시간대 출신들끼리라니. 십사 일이라는 시간은 역시 턱

없이 부족하며, 이해는커녕 그저 '발견'에 그치고 마는 찰나일지도 모르겠습니다. 하지만 이 찰나를 함께하고 소설의 마지막 페이지를 덮었을 즈음, 십 년 후 이들은 무엇을 발견해나가고 있을지, 그땐 어떤 식탁에서 누구와 무엇을 먹고 있을지 상상해보는 것도 나쁘지는 않을 것 같아요.

이 이야기가 세상에 나오기까지 든든한 나침반이 되어주신 황예인 편집장님과 자이언트북스 편집부, 마케팅부에 감사를 전합니다. 그리고 저와의 공존을 기꺼이 선택해준 사랑하는 가족들에게도요.

더불어 지금 이 문장을 읽고 계신 독자님께, 진심으로 감사합니다.

연여름 장편소설

스피드, 롤, 액션!

ⓒ 연여름

초판 1쇄 인쇄 2022년 11월 16일
초판 1쇄 발행 2022년 11월 25일

지은이 연여름
펴낸이 지영주
편 집 황예인 한수림
표지 디자인 함익례
본문 디자인 *Desig* 신정난
마케팅 김채린 한주희 정지혜
경영지원 백종임 김은선

펴낸곳 ㈜자이언트북스
출판등록 2019년 5월 10일 제2019-000085호
주소 경기도 고양시 덕양구 덕은1로 5 2층
전화 070-7770-8838
팩스 02-3158-5321
홈페이지 www.giantbooks.co.kr
전자우편 books@giantbooks.co.kr
인스타그램 https://www.instagram.com/giantbooks_official/

ISBN 979-11-91824-17-9 03810